che

チェ・ゲバラ名言集

CHE GUEVARA SPEAKS

Ernesto Che Guevara

Tokuya Yoneta / Kei Hasegawa

エルネスト・チェ・ゲバラ
米津篤八／長谷川 圭 訳

原書房

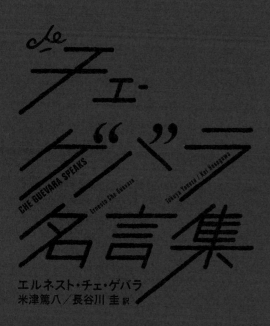

チェ・ゲバラ
名言集

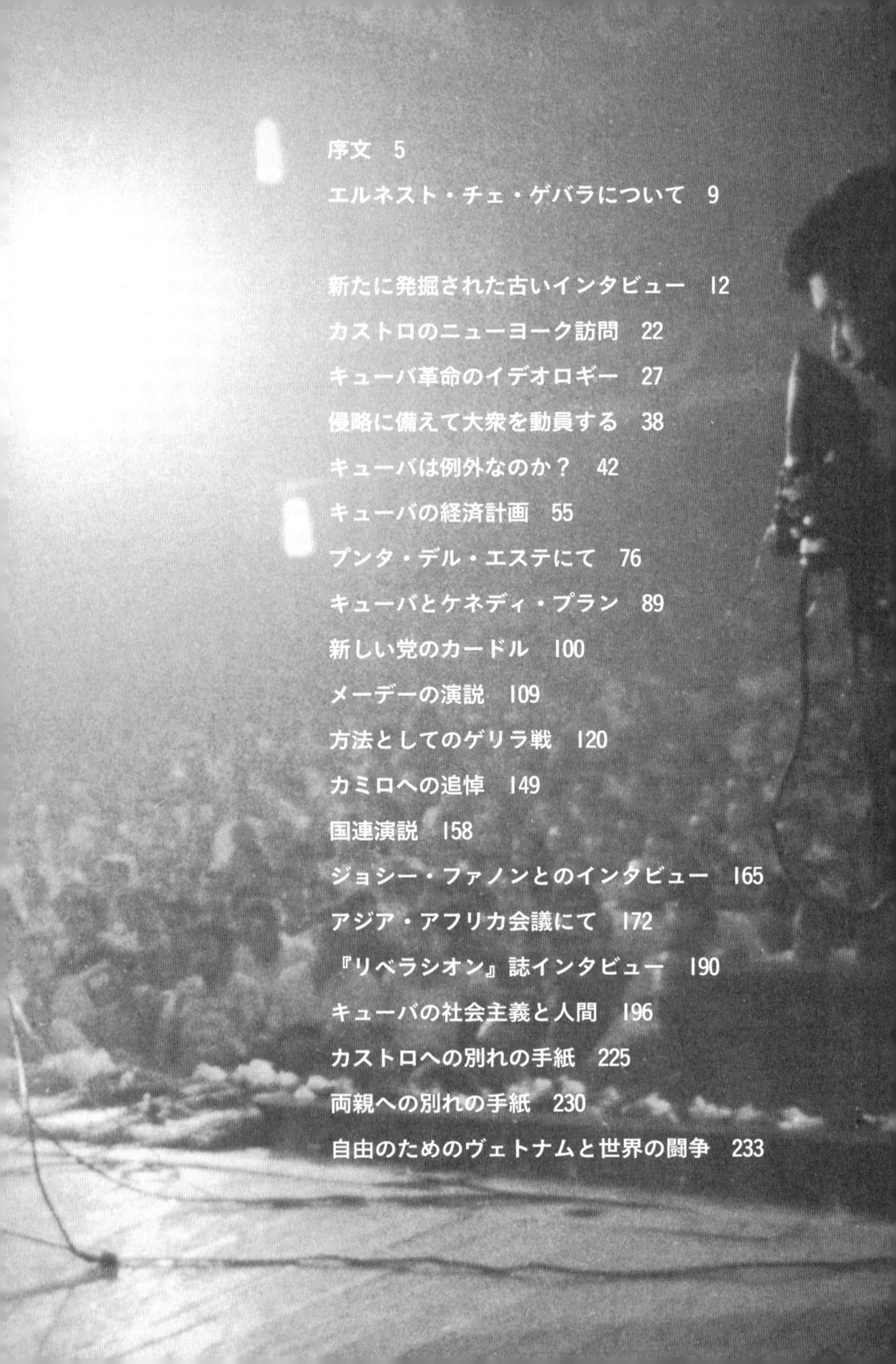

LA VOZ DEL INRA

序文

エルネスト・〝チェ〟・ゲバラの死とそのあまりに劇的な最後の戦いの姿は国際的な反響を巻き起こした。ところがそのために、この勇敢なゲリラの指導者が持つ政治家としての重要性が、やや陰に追いやられてしまった感がある。

過去にとらわれて未来を展望できない古い世代にとって、ゲバラはドン・キホーテのような勝ち目のない空想家か、自殺の衝動にとらわれた不可解な人物として映ることだろう。

若い世代の見方はもっと好意的だ。若者たちにとってゲバラは人類の進歩のために身を捧げ尽くした尊敬すべき手本であり、そこに一人の個人が果たしうる最も高貴な生き方を直感的に見て取っている。進歩的な若者たちは、チェの姿に自分を重ね合わせているのだ。彼らの心のなかでチェは生き続け、世界の希望を担う新しい世代が大志と目的を実現することに、これからも手を貸すことだろう。

だが、チェが世界的な名声を得たことの政治的意味は、それとはまた別のところにある。というのは、それはチェという一個の人間を超越した、キューバ革命とその人類への貢献という問題を含んでいるからだ。つまり、毛穴という毛穴から腐敗と汚物と血液を垂れ流す経済システムから逃れる道を切り開くためのリーダーシップをどう構築するか、という重要課題である。

これまでの世代と同様、キューバ革命を率いた若者たちは、貧困、飢餓、劣悪な生活環境、抑圧によって自国の民が苦しむ姿を見ていた。彼らはまた、その愚かさを目の当たりにし、近代的な産業と科学には状況を根底から変える力があることを知った。旧世代と同様、彼らは現実と理想のギャップに我慢ならず、独裁政治とその背後にいる帝国主義者の役割を考慮するならば、耐えがたい現実を終わらせて新たな展望を切り開く唯一の道は革命しかないと考えた。

だが彼らは、それ以前の数十年間を生きた大半の者たちとは異なり、自分たちが求めるものを手に入れるために、自ら判断して戦略を立て、自分たちだけの力に頼ることにしたのである。つまりキューバの若者たちは、国内の民族ブルジョワジーのいわゆる進歩主義者に頼るか、あるいは共産党の硬直した官僚的指導を仰ぐかという、昔ながらの二つのわなに陥らずにすんだのだ。

これはキューバ革命を成功に導いた、最も重要な特徴だと言える。というのも、それによって共産党を出し抜くことができたからだ。「平和共存」の旗印を掲げるキューバ共産党は、バティスタ独裁政権やルーズヴェルト政権との協力さえ惜しまなかったブラス・ロカ〔一九一〇～一九八七。

一九三〇年代初めにキューバ共産党に入党したが、一九三八年以降はコミンテルンの指示に従いバティスタ政権に協力。一九五三年、メキシコに亡命し、革命後にキューバに帰国した」の指導が確立して以来、革命の大きな障害物として立ちはだかってきたのである。

結果を省みずにこの道を切り開いたことは、フィデル・カストロとともにチェ・ゲバラの功績として認められるべきだろう。彼ら革命の指導者たちとその組織は、国際政治に偉大な新しい発展をもたらす先駆者としてその姿を現した。また、この革命戦士たちは蜂起にあたり、ソ連や中国など――この両国は実際には革命の理論と実践を無力化する役目を果たしているのだが――をバチカンのような権威的中枢として受け入れる気はなかった。

こうして政治的な視点から見たとき、チェ・ゲバラの成長過程で最も興味深い点は、彼が反抗心旺盛なプチ・ブルジョワジー（小市民）から、社会主義の実現のために全力を傾ける優れた指導者へと変身していった、その思考と行動の道筋にある。実際、彼の見解は、一九一七年ロシア一〇月革命の思想的バックボーンとなった伝統的マルクス主義の階級革命理論にますます接近していったのである。

理想主義的で冒険好きな学生だったチェが、どうやって革命を率いる力量を持った人間へと成長できたのだろうか。おそらくキューバ革命の過程を研究する者の多くが、同じ疑問を抱いているることだろう。その疑問に完全に答えるための材料は、チェの行動、彼の友人や同志の記憶、そして彼自身がしたためた文章のなかから見つかるに違いない。

本書に収録されているのは、そのために欠かせない記録の一部である。それは［革命直後の］一九五九年から始まり、［一九六七年六月に］チェがボリビアの軍事政権によって虐殺される数カ月前までの演説、記事、インタビュー、書簡からなる。編集者は内容の選定にあたり、それがチェという人間を忠実に反映し、さらには彼の成長の足跡をなぞることができるものとなるよう心がけた。チェの歩んだ道をより正確に跡づけるには、見解や判断の誤りも含めた彼のものの見方を知ることが必須条件であるからだ。

もしここに収められた資料がチェをよりよく理解する上で役立つなら、そして、それが単に見習うべき模範としてではなく（これはこれで重要だが）、今後さらに増えていくであろう〝行動する革命家〟の新たな典型を示すことができるなら、本書はその役割を果たしたと言えるだろう。そうすればチェもきっと本書を、彼自身が書き、語り、行動したことの価値ある使い方として認めてくれるに違いない。

ジョゼフ・ハンセン

エルネスト・チェ・ゲバラについて

エルネスト・〝チェ〟・ゲバラは一九二八年六月一四日、アルゼンチンのロザリオで生まれた。一九五三年に医学校を卒業したが、その前後にラテンアメリカ各地を広く旅して回った。一九五四年、グアテマラに滞在中、ハコボ・アルベンス政権を転覆させようとする米中央情報局（CIA）の試みに反対する政治闘争に参加。アルベンスの失脚・亡命にともない、メキシコに逃れる。一九五五年夏、そこでフィデル・カストロに「七月二六日運動」〔メキシコに亡命したカストロが結成したバティスタ独裁政権を倒すための運動組織〕の遠征軍ナンバースリーに選ばれる。

一九五六年一一月末、カストロとゲバラを含む八二人の遠征軍はグランマ号と名付けられたヨットに乗り組んでメキシコのトゥスパンを出港し、一二月二日、キューバ南東のオリエンテ州の海岸に上陸した。そこで彼らはキューバ東部のシエラ・マエストラ山脈に立てこもって革命戦争を開始した。本来は軍医だったゲバラは、一九五七年七月、反乱軍第二部隊（第四軍）の司令官に任命された。一九五八年八月末、彼は第八軍を率いてキューバ中部のラス・ビジャス〔現ビジャ・クララ〕に進撃。ラス・ビジャス作戦によってキューバ第三の都市サンタクララを占領し、独裁政権の息の根を止める上で重要な役割を果たした。

一九五九年一月一日、バティスタ政権崩壊にともない、ゲバラは新生革命政府の国立銀行総裁や工業相などの多くの役職に就任すると同時に、引き続き革命軍の将校の責も担った。また、国連や国際会議などの場にキューバの顔として登場した。同時に、七月二六日運動の指導者として政治再編に動き、それが一九六五年一〇月のキューバ共産党結成につながった。一九六五年初め、ゲバラは軍の職務を含むすべての政府と党のポストを辞任し、一部の国で激化していた反帝国主義・反資本主義闘争を前進させるため、キューバを離れて南アメリカに戻った。そして後にボリビアでの闘争に加わることになる多くの志願者とともに、ゲバラはまずコンゴに渡り、パトリス・ルムンバ〔一九二五～一九六一。一九六〇年にベルギー領コンゴの独立闘争を指導し、コンゴ共和国（現コンゴ民主共和国）初代首相に就任するも、コンゴ動乱のなかで虐殺される〕による反帝運動を支援した。ついで一九六六年一一月から一九六七年一〇月にかけてボリビアでゲリラを率いて軍事独裁と戦ったが、一九六七年一〇月八日、CIAの指揮下にあったボリビア軍との交戦で負傷して捕らえられ、その翌日に殺害された。

チェ・ゲバラとフィデル・カストロ

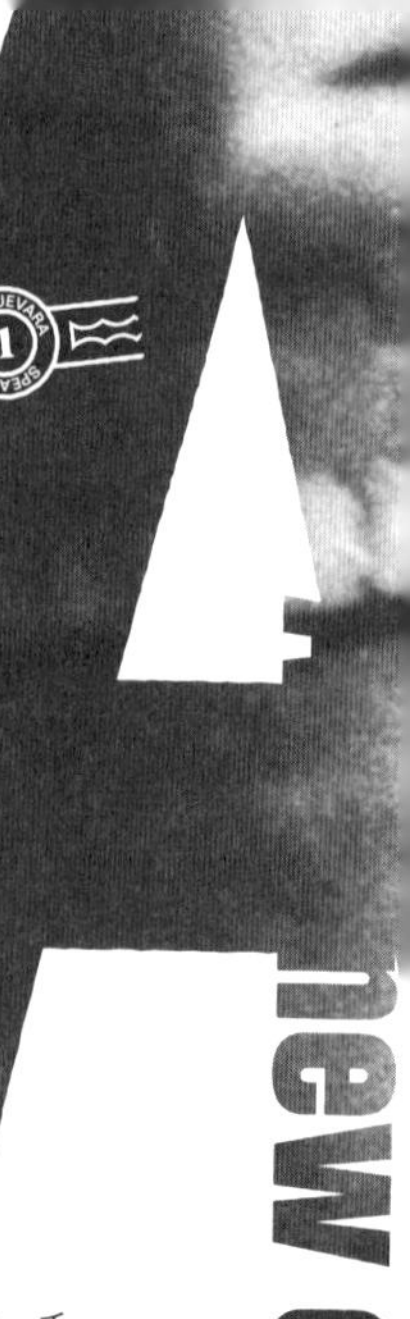

CHE GUEVARA 1 SPEAKS

A new old interview

新たに発掘された古いインタビュー

一九五九年四月一八日、二人の中国人共産主義者がチェ・ゲバラの自宅を訪れた。孔邁《コンマイ》と炳庵《ピンアン》という名のジャーナリストで、ゲバラにインタビューをし、それを「革命勝利から一〇八日目の夜に」と題した記事にまとめた。北京のラジオ放送とロンドンの新華社通信がインタビューの要約と引用文をいくつか紹介したものの、中国の三大紙のいずれにもこの記事は載らなかった。しかし一九五九年六月五日、マイナーな『世界知識』という雑誌に全文が掲載された。この知られざるインタビューは、どうやらキューバでも紹介されておらず、中国語から他の言語にも翻訳されないままだった。それをウィリアム・E・ラトリフが初めて英語に全訳し、訳文は注釈付きで米国のラテンアメリカ研究誌『ヒスパニック・アメリカン・ヒストリカル・レビュー』一九六六年八月号に収録された。

なお、このなかでゲバラが未来形で語っている農地改革は、インタビューが行なわれてから中国で記事になるまでのあいだの一九五九年五月一七日に立法化された。

以下はラトリフの翻訳からの抜粋である。

記者　まず、いかにしてキューバ革命に成功したのかお聞かせください。

ゲバラ　よろしい。まず、メキシコで私が「七月二六日運動」に加わったころの話から始めよう。グランマ号で危険を冒してキューバに渡る前には、この組織のなかにも社会に対していろいろな見方をする者がいた。たとえば、メキシコで仲間たちと率直な議論をしたときのことはよく覚えている。キューバ人民に対して革命の綱領を示すべきだと私が提案したところ、モンカダ兵営襲撃［一九五三年、カストロ率いる反政府部隊がバティスタ独裁政権打倒を目指してモンカダ兵営を襲撃するも失敗に終わった］にも参加したメンバーの一人が、なんとこんなことを言いだした。「運動方針？　そんなもの簡単だよ。クーデターを起こせばいい。……バティスタはクーデターで一夜にして政権を乗っ取ったのだから。我々もクーデターを起こして、あいつを権力からたたき出せばいいのさ。バティスタがアメリカに対して一〇〇の譲歩をしたとすれば、我々は一〇一の譲歩をする。それだけのことだ」。そこで私は彼にこう反論した。**クーデターは原則に基づいたものでなければなら**

ず、同時に、政権を握ってから何をするかもしっかり考えておくべきだ、とね。

七月二六日運動の初期のころには、こんな考えのメンバーもいたんだ。そのメンバーと同じような考えを持っていて、その後も考えを変えなかった連中は、結局は我々の革命運動から去って、別の道を歩んだがね。

その後も我々の小さな組織は、のちにグランマ号でキューバに上陸するまで、何度も困難に見舞われた。メキシコ当局から絶え間なく弾圧を受ける一方、組織内部の問題にもいろいろ悩まされたよ。最初のうちは冒険的な行動をとっていた者たちも、やがてあれこれ口実をつくっては遠征計画から脱落していった。最終的にグランマ号で海を渡るときに組織に残っていたのは、わずか八二人だ。

ところが、その大胆な計画のおかげで、組織は蜂起始まって以来の最大の惨事を迎えることになった［キューバ上陸直後の一九五六年一二月、ゲバラとカストロらは政府軍に急襲され、数十人が殺害、逮捕される］。我々は不意打ちを受けたが、再びシエラ・マエストラ山脈に結集した。

山中でのあてもない暮らしは数カ月にもおよ

んだ。峰から峰へと歩き回り、日照りのために一滴の水もないときもあった。生き延びることさえ難しかったのだ。

しかし、そうするうちに、バティスタの軍隊からの迫害に耐えてきた農民たちの態度に、変化が見え始めた。彼らは逃亡して我々の組織に助けを求め、ゲリラ部隊に参加するようになる。こうして部隊の構成員は都市出身の人間から農民へと変わっていった。それと同時に、農民が自由と社会正義のための武装闘争に加わることで、我々は正しいスローガンを打ち出すことができた。それが農地改革だ。このスローガンはキューバの抑圧された大衆を動員し、土地獲得のための闘争に立ち上がらせた。社会改革の大方針が定まったのはこのときだ。これがのちに運動の理念となり、運動のいちばんの原動力となった。

ちょうどそのころ［一九五七年七月三〇日］、サンティアゴ・デ・クーバで悲劇が起こった。同志のフランク・パイス［革命運動を支援していた国内指導者の一人］が殺されたのだ。だが、これは革命運動の一つの転機でもあった。激怒したサンティアゴの人々は自発的に街に繰り出し、初めての政治ゼネストに打って出た。ストライキには指導者がいなかったが、にもかかわらずオリエンテ州全体が立ち往生する事態にまでなった。独裁政府は鎮圧で応じたが、それでもこの動きのおかげで、自由のための闘いには労働者階級の参加が必要不可欠であることがはっきりした。それ以来、我々は労働者たちのなかで秘密活動を開始し、反乱軍による政府掌握を支援するためにさらなるゼネストを計画した。

反乱軍の果敢な秘密活動は成功を収め、国全体を揺さぶった。全人民があおり立てられ、昨年［一九五八年］四月九日のゼネストへと結びついた。しかし、ゼネストは失敗に終わった。指導者と労働大衆とのあいだに連携がなかったからだ。七月二六日運動の指導者たちは、この経験から大切なことを学びとった。つまり、**革命とは特定の小集団によるものではなく、全キューバ人民によって達成されるべきものだ**ということをね。この結論は、平地と山地で活動する双方のメンバーたちを駆り立てた。

そこで我が軍のメンバーたちは革命の理論と哲学を学び始めた。つまり、革命運動が十分に成長し、政治的にも成熟し始めたということだ。……

シエラ・マエストラと各地域の反乱軍のメンバーは、自分たちの基本的任務を頭に叩き込んだ。任務とはすなわち、農民の生活状況の改善、土地獲得の闘いへの参加、学校の建設だ。農地改革法は初めての試みだった。独裁政権の役人たちが所有する広大な土地を革命的方法によって没収し、農民たちにその地域の全国有地を分配したのだ。このとき、その土地で働く農民たちが土地改革を旗印にして運動を起こした。……

今後は、この法律を完全実施して大土地所有制を撤廃することが、農民大衆の関心事となるだろう。ところが現憲法は土地を没収するにあたって金銭的補償を義務づけているため、このままでは土地改革は遅々として進まない。**革命が勝利したいま、自由を手にした農民たちは必ずや集団行動に立ち上がるだろう。**そして大土地所有制の撤廃と全面的な土地改革を民主的に要求するに違いない。

記者　いまキューバ革命が抱えている問題は？　また、それにどう対応しますか？

ゲバラ　第一の問題は、我々が古い社会基盤の上で新しいことをやろうとしている点にある。キューバの反人民的体制と軍隊はすでに打ち砕かれたが、独裁的な社会制度と経済システムはそのまま残っている。国家機関では旧体制の人間たちも働いている。革命勝利の果実を守り、さらに革命を前進させるには、もう一歩進んで政府を刷新し、強化しなければならない。第二に、新政府が引き継いだのは荒廃しきった社会だという点だ。国家財政も深刻な困難を抱えている。というのは、バティスタは逃げ出すときに国の財産をそっくり持っていってしまったからだ。……第三に、キューバの土地制度はラティフンディスタ(大地主)が広大な土地を所有しており、その一方で失業者があふれている。……第四に、この社会にはいまも人種差別が残っており、人民の団結を阻害する要因となっている。第五に、賃貸住宅の家賃が世界でいちばん高い。家賃が収入の三分の一を超える世帯もまれではない。要するに、キューバ経済を立て直すことは非常に難しく、かなりの時間がかかるということだ。

社会秩序を打ち立て、国民生活を民主化するために、新政府はさまざまな積極策をとってきた。また、国の経済を復興させるために汗水流してきた。たとえば、政府は家賃を五〇パーセント引き下げる法律を通過させ、昨日は海岸規制法を採択した。この法は、土地と海岸を独占する一握りの者たちの特権を取り上げるためのものだ。……

なかでも重要なのは、近々公布される土地改革法である。あわせて全国農業改革委員会(INRA)を設けることになる。キューバの土地改革は中国ほど徹底しておらず、まだ不十分だ。それでもラテンアメリカでは最も進歩的なものだと思うがね。……

記者　キューバは内外の反動勢力に対してどう戦うつもりですか? そして革命の見通しは?

ゲバラ

キューバ革命は階級革命ではなく、独裁的な専制政治を倒した解放運動だ。

キューバ人民はアメリカに後押しされたバティスタ独裁政権を心底から憎み、その打倒のために立ち上がったのだ。革命政府はあらゆる階層の人々から幅広い支持を受けてきた。というのも、その経済政策は全国民の要求に気を配り、人民の暮らしを着実に改善してきたからだ。国内に残る唯一の敵は大地主と反動的なブルジョワジーだけだ。彼らは自分たちの利益に反する土地改革に反対しており、国外で勢いを増しつつある反動勢力の挑発に乗っかり、革命政府に攻撃を仕掛けてくるかもしれない。

キューバ革命に反対する国外の唯一の敵は独占資本家と、米国務省に代表を送り込んでいる者たちだけだ。我々がキューバ革命を勝ち取り、発展を続けると、彼らはパニックに陥った。そして自分たちの敗北を認めず、悪あがきをしている。キューバを政治的・経済的に支配し続けようと欲し、革命がラテンアメリカ諸国の人民の闘いに大きな影響力を及ぼすことを食い止めようとしている。……

キューバ革命は他のラテンアメリカの国々にとって、よい先例となっている。革命の経験と教訓は、サロンでのくだらない議論を煙のように蹴散《けち》らしてしまった。**固い決意を持つ勇敢な者たちさえいれば、たとえ小さな集団であっても蜂起が可能であることが証明されたからだ。**

ただ、そのためには、訓練された政府軍に対抗し、ついには打ち破る力を持った人民たちから支持されることが必要だ。もう一つ、土地改革の実施も不可欠な要素だ。経済と農業システムの面でキューバと同じ問題を抱えるラテンアメリカの兄弟たちには、ぜひこの土地改革の経験を参考にしてもらいたい。

現在、ある者たちがキューバに介入して革命を破壊する準備をしているという明らかな兆候がある。悪辣《あくらつ》な外国の敵は、昔ながらの手法をとってくる。彼らがまず始めるのは、政治的な攻撃だ。「キューバの人民は共産主義に反対している」と言いながら、プロパガンダを広めるのだ。これら偽物の民主主義のリーダーたちは、「アメリカの沿岸に共産主義国が誕生することを許さない」と言い張りながら、経済的な締め付けを強化し、キューバを経済的困難に陥れようとしている。そのうち彼らは適当な口実を見つけて紛争を引き起こし、自分たちの支配下にある国際組織を使って介入してくるだろう。我々が恐れているのは、近隣の独裁国家からの攻撃ではなく、ある大国が何らかの国際組織と介入の口実を使ってキューバ革命の弱体化を狙っているという点だ。

CHE GUEVARA 2 SPEAKS

カストロのニューヨーク訪問

次に挙げるのは、一九六〇年九月一七日に行なわれたゲバラの演説からの抜粋である。

外部で策動する帝国主義勢力と、その根っからの同盟者である内部の反動勢力は、キューバ革命に圧力を加えている。

しかし、彼らが圧力を加えれば加えるほど革命は深化し、人民の声に応えてさらに断固たる措置をとることになるであろう。……我々はアメリカの銀行を国有化することを定めた決議二号を公布した。それを掲載した官報は、まだインクの香りも新しい。

そしてインクがまだ乾ききらないうちに、同志フィデルは背嚢《はいのう》に荷物を詰め込んでニューヨー

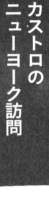

クに行こうとしている［九月一八日、フィデル・カストロ首相が率いるキューバ代表団は第一五回国連総会出席のため訪米した］。ここで「背嚢」という文学的な比喩を使ったのは、何よりも我々が戦闘任務についている事実を表すためだ。だが、それだけではない。フィデルが背嚢を背負うのは、蛮行に余念がないアメリカ帝国主義者どもが、国連本部のあるアメリカ合衆国内に宿泊する権利さえも奪おうとしているためでもある。そもそも、その権利はすべての国連加盟国に与えられたものなのだ。フィデルはこう断言した。「私は自分の背嚢とハンモックとナイロン製テントを持っていくつもりだ」。だから、もし明日、地球上で最も野蛮な国のセントラルパークで我が国の代表団がハンモックをつって寝ている写真を見ることになっても、驚いてはいけない。

これは道理にかなったことだからだ。なぜか。我々は蛮行が横行するキューバで解放のために戦っていたとき、山でハンモックをつるして寝ていた。だから今日、**我々が自由と、完全なる経済的独立と、人民の意志で道を選ぶ権利を勝ち取るために、野蛮な文明の中心地にハンモックをつるすのは当然のことなのだ。**

フィデルの出発に先立って公布されたこの新しい法案は、闘いを激化させ、経済的困難をもたらすだろう。しかし、それはまさに我々の尊厳と自由への権利を守るために選び取ったものである。帝国主義は長年にわたって金、つまり銀行に依拠してその経済的な力を築き上げてきた。人民から少しずつ富を奪って経済をねじ曲げ、人民を帝国主義経済の単なる付属品に変えてしまったのだ。

キューバの強大な砂糖産業はこのようにして発展したのである。それは天から降ってきたわけでも、親切なアメリカ人のおかげでもない。彼らが高い生産性を持つ巨大な製糖工場を支配したからだ。アメリカ人は市場全体を支配し、砂糖を特恵価格で買い上げた。彼らが特恵価格を支払ったのは、この価格を隠れ蓑に、互恵条約という偽りの名のついた法によりキューバで使われるあらゆる消費財を売り込むためだった。さらに彼らは、消費財を生産する他の競争国が太刀打ちできないような状況をつくり出したのである。……

だが、アメリカがこの手口を使うには共犯者が必要だった。彼らは古代ローマ帝国がやったように、征服した国に軍団を投入し、帝国の代表たる地方総督をそこに置くというような方法はとれなかった。彼らも総督を必要としたが、それは特別な性格を持ち、現代的なやり方を身につけていなければならなかった。現代の地方総督は、たまに上品な振る舞いを見せたりもするが、基本的には帝国主義的な本質をあらわにする。彼らはときには大使であり、ときには銀行の総裁であり、ときには軍事使節の代表であったが、例外なく英語をしゃべった。

銀行の役割が非常に重要になったのは、まさに砂糖不況の暗い時代のころだ。というのも、不況の被害を受けるのは常に人民大衆であって、独占巨大企業にとっては、不況こそ利益を増大させ、経済帝国を強化する機会だからだ。

大企業は経済競争の海の中で、イワシを飲み込むように小企業を飲み込んでいく。

アメリカの銀行が重要な役割を担ったのも、そういう時代である。アメリカの法律によれば、銀行の役目とは不況に抵抗できなかった者たちから借金の担保を差し押さえることだ。そのようにして彼らは自分たちの帝国を急速に強化していったのである。彼らは常に、アメリカで権力を争う財閥の前衛を担っている。

銀行はロックフェラー財閥、メロン財閥、モルガン財閥に付き従い、財界、軍、政府というアメリカの権力を担う三本の枝のあいだに触手を伸ばしてきた。だが、政府は弟分に過ぎない。なぜなら、アメリカの政府というのは軍と同じく、財界の利益を代表するものだからだ。しかし、これら財閥の利益はアメリカ人民のものではなく、ごく少数の資本家集団、つまり大企業のオーナー、アメリカ人民を搾取する富裕層のものである。ただ、はっきりしていることは、彼らがアメリカ人民を搾取するときのやり方と、我々劣等人種《ママ》、すなわちアメリカやアフリカ、アジアの混血に対するやり方とでは違うということだ。我々がブロンドのアングロサクソンの親の下で生まれなかったのが不運だったとしか言いようがない。だが、アメリカ人民も搾取され、分断されている。黒人と白人、男性と女性、組合員と非組合員、職のある者と失業者とに分断されているのである。……

したがって、ここキューバにおいて、帝国主義者の分断による内部分裂の第一段階が完全に克服されたのは大変素晴らしいことだ。**キューバではもはや肌の色を恥じる必要はない。性別や身分のせいで就職できなかったり低賃金に甘んじることを恐れる必要もない。**労働者階級が団結すれば、農民が団結すれば、最終的な解放への第一歩が踏み出せるのである。なぜなら、「分断して統治せよ」とは古くさい帝国主義の格言だが、いまだに帝国主義者の基本的戦略であり続けているからだ。

IDEOLOGY OF THE CUBAN REVOLUTION

CHE GUEVARA SPEAKS 3

キューバ革命のイデオロギー

これは一九六〇年一〇月八日にキューバ軍機関誌『ベルデ・オリーボ』に掲載された、ゲバラによる「キューバ革命のイデオロギー研究のための覚書」である。

キューバ革命はユニークな革命だとされることが多いが、それはレーニンが言うところの「革命理論なくして革命運動なし」という革命運動の正統な前提を欠いているからである。しかし、革命理論とはつまるところ社会的な真実を表現したものであって、ある特定の言葉の枠のなかに収まり切るものではない。言い換えれば、もし**歴史的現実を正しく解釈し、それに関与する諸勢力を正しく活用すれば、理論を知らなくても革命は可能なのである。**

どの革命においても、非常に異なった傾向を持つ人々が関わっているが、にもかかわらず行動の面と、そしてこれがいちばん重要だが、目的の面では合意に達しているものだ。もし指導者が行動に先だって適切な理論的知識を持っており、その理論が現実に適合していれば、多くの過ちを避けることができる。

キューバ革命を中心で担った者たちは、首尾一貫した見解を持っていたわけではない。しかし、彼らが今日の世界で議論されている歴史、社会、経済、革命についてのさまざまな概念について無知だったとは言えないだろう。深い現実認識、人民との親密な関係、確固とした目的意識、そして実践的な革命の経験は、指導者たちがより完璧な理論的概念をかたちづくる機会となった。

キューバ革命という世界の注目を集めた奇妙な現象を説明するには、以上のようなことを前提とする必要があるだろう。では、技術と装備に圧倒的に勝る軍隊に粉砕された一握りの者たちが、どうして生き残り、力を蓄え、そして戦闘地域で敵を上回る力を持ち、さらには新しい戦闘地域に進出し、最終的にははるかに多くの兵力を擁する敵を打ち負かすことができたのか。この偉業は、現代史において研究に値する出来事だろう。

もちろん、あまり理論に興味のない我々は、いまさらキューバ革命が自分たちの専有物であるかのように、その真相をしたり顔で解説するつもりはない。ただ単に、革命の真実を解明するための土台を提供しようとしているだけだ。実際、**キューバ革命は二つの**

完全に異なった段階に分けて考えるべきだ。一つは一九五九年一月一日までの武装闘争の段階であり、もう一つはその後の政治・経済・社会変革の段階だ。

この二つの段階は、さらに細かく区分することができる。だが、我々はそれを歴史的な視点から解説するのではなく、指導者たちが人民と接触することを通して、革命的思想を深めていったという側面から考えてみたい。

ちなみに、ここで現代における最大の議論の的ともいえる「マルクス主義」について、我々が一般にどう考えているのかを明らかにしておこう。マルクス主義者であるかどうか聞かれたときの我々の立場は、物理学者が「ニュートン主義者」かどうか、生物学者が「パスツール主義者」かどうかと尋ねられたときと同じである。

世の中には、それが事実であることが当たり前すぎて、人々の知識の一部になっているために、議論する意味もないことがらがある。つまり、人がマルクス主義者あることは、物理学者が「ニュートン主義者」であり、生物学者が「パスツール主義者」であるのと同じくらい当然のことなのだ。その際、もし新しい事実によって新しい概念がもたらされたとしても、新しい概念は先人が持っていた真実の一部たりとも損なうわけではない、ということを頭に入れておくべきだろう。そのことは、アインシュタインの相対性原理とかプランクの量子論と、ニュートンの万有引力の法則との関係を考えればわかるだろう。イギリスの教養人であるニュートンの偉大さは、アインシュタインやプランクの理論によって何ら損なわれることはなかった。物理学が宇宙の新しい姿を描けるまでに進歩できたのは、ニュートンのおかげだからだ。ニュートンはそのために欠かせない足掛かりを提供したわけだ。

もちろん、思想家としてのマルクス、彼が生きた時代の社会原理と資本主義制度の観察者としてのマルクスにも、誤りはあった。たとえば、我々ラテンアメリカの人間はシモン・ボリバル［一七八三～一八三〇。「南アメリカ解放の父」と言われるラテンアメリカの独立運動の指導者］に対するマルクスの見方や、今日では受け入れがたい人種や国民性の概念を事実と見なしたマルクスとエンゲルスによるメキシコ人分析に同意することはできない。だが、彼らの小さな過ちにもかかわらず、輝かしい真実を発見した偉大な人間は思想史のなかに生き続けるし、これらの過ちはただ彼らも人間だったことを示すに過ぎない。過ちを犯す人間であったとしてもなお、人類の偉大な思想を達成する高い意識水準を身につけることができるということだ。だからこそ、我々はマルクス主義のエッセンスを、人類の文化的・科学的知識の根幹として認めているのである。つまり、

マルクス主義はこれ以上の議論を必要としない、当然の真理として受け入れているのだ。

他の分野と同様、社会科学や政治学は、さまざまな理論が相互に関連し合い、つけ加えられ、結びつき、完成されるという、長い歴史的プロセスを経て進歩してきた。たとえば人類の歴史のあけぼのには、中国、アラブ、インドにはそれぞれ独自の数学があったが、今日では数学は一つになった。その過程で、ギリシアのピュタゴラス、イタリアのガリレオ、イギリスのニュートン、ドイツのガウス、ロシアのロバチェフスキー、そしてアインシュタインらが、人類の歴史に足跡を残していった。それと同様に、社会科学や政治学の分野でも、デモクリトスからマルクスまで多くの思想家が登場し、彼らの独自の研究が付け加えられ、一連の経験と原理が蓄積されてきた。

マルクスの功績は、彼が社会思想の歴史に突如として質的な変化をもたらしたことだ。マルクスは歴史を解釈し、その原動力を理解し、未来を予測した。しかし、予測しただけではなく（それによって彼は科学者としての責務を果たしたが）、革命の構想を示した。つまり、世界を解釈するだけでは十分ではなく、世界を変革すべきだというのだ。**人間は環境の奴隷と道具であることをやめ、自らの運命を設計す**

ることができるというのである。そのとき、マルクス自身も必然的に、旧体制を守ることで特別な利益を得ている人々から攻撃の標的にされることになった。古代ギリシアの哲学者デモクリトスは、奴隷を所有する貴族階級のイデオローグであるプラトンとその弟子たちによって自分の著作を焼かれたが、ちょうどそれと同じことだ。革命的なマルクスを先頭にして生まれた政治結社は、マルクスとエンゲルスという巨人に依拠する思想を確固として打ち立て、レーニン、スターリン、毛沢東、さらに新生ソ連と中国の指導者たちの成功の事例を土台にして、理論体系を確立した。それが我々にとって見習うべき模範となったのだ。

キューバ革命が受け入れたのは、科学を捨てて革命の銃を手に取った、まさにその時点でのマルクスの思想である。それはマルクス死後に現れた修正主義でもなく、反修正主義でもなく、「正統」なマルクス主義を復活させるためでもない。我々が受け入れたマルクス思想は、科学者として歴史を観察し、研究し、予測し、ついには歴史の一部となって戦い始めた、革命家としてマルクスの思想なのだ。

つまり、我々が実践的革命家として戦いを遂行したのは、単に科学者マルクスが予見した法則を実行したに過ぎないのである。反乱のなかで古い権力構造と戦うこと、その構造を打ち壊すために人民に依拠すること、戦いの基本に人民の生活向上を据えること――、そうした我々の戦いが、たまたまマルクスという科学者の予測に一致しただけのことだ。言い換えるなら、マルクスの法則がキューバ革命の一連の出来事のなかにそのまま体現されたということだ。そのことは、つまり、革命の指導者がマルクスの法則を理論的に信奉しているか、十分に理解しているかということとは関係ないのである。……

ゲリラ戦の小さな歴史的瞬間の一つひとつが、キューバの社会をどう見るか、その現実をどう評価すべきかという思考の骨組みをつくりあげていった。

それが革命軍の指導者の思想を形成し、後に政治指導者として自分たちの立場を再確認することになったわけだ。

グランマ号によるキューバ上陸作戦の前までは、主観論とも言うべき考え方が支配的だった。我々は、すぐに支持者を拡大できるだろうと根拠なく信じ込んでいた。革命的なストライキが自然発生し、それとともに蜂起すれば、速やかにバティスタ政権は打倒され、独裁者は没落するという、情熱と信念に満ちていた。……

ところがキューバ上陸作戦で大敗を喫し、兵力をほぼ失った後、我々は再結集してゲリラ部隊を編成した。戦う意志を持った一握りの生き残りは、一つの特徴を持っていた。それは、キューバ全体に暴動が自然発生するなどという想像が誤った図式であることを悟ったという点だ。また、戦いは長期的なものとなること、多くの農民の参加が必要となることを理解した。農民たちが初めてゲリラに参加したのもこの時点である。また、参加した戦闘員の数としてはそう重要ではないが、心理的には大きな意味を持つ二回の戦闘があった。それは都市出身者が多かったゲリラの中心メンバーが農民に対して抱いていた不安を解消してくれたからだ。一方、農民たちもゲリラを信用していなかったが、それ以上に政府からの野蛮な報復を恐れていた。この段階で、ゲリラと農民の両者の関係にとって、非常に重要な二つの事実が見られた。農民たちは、軍の残虐行為と迫害はゲリラを根絶やしにするどころか、ただ自分たちの家と作物、家族を破壊するだけだという現実を目の当たりにした。その解決方法は、ゲリラと一緒に安全な場所に逃げ込むことだった。同時に、ゲリラ戦士たちは農民大衆の支持を得ることの必要性を、これまで以上に痛感することになったのである。……

(反乱軍に対する政府側の大攻勢が失敗した後)戦闘は新しい様相を示し始めた。勢力関係が革命側に有利に転換したのだ。八〇人と一四〇人からなる二つの小部隊が、一カ月半におよび数千人規模の軍隊によって包囲され、たえまない攻撃を受けながらも、カマグエイの平野を横断してラス・ビジャスに到達し、島を両断する作戦に出たのだ。

不思議というか不可解というか、信じがたいのは、当時、この小さな二つの部隊が通信手段も、交通手段もなく、近代戦に使われるごく基本的な武器さえも持たなかったにもかかわらず、よく訓練され、何よりも完全武装した軍隊と戦うことができたことだ。ここで肝心なことは、両者の性格の違いである。

遠ざかるほど、過酷な自然と一体となっていった。ゲリラ戦士は安楽さから遠ざかれば

自然のなかで休息し、士気を高め、より大きな安心感を抱くことができた。同時に、ゲリラはいかなる状況に置かれても命がけで戦い、運を天に任せることを知っていた。だから概して、戦闘の最終的な勝ち負けにおいてゲリラ個々人の生死はほとんど意味を持たなかった。

ここキューバの例で言えば、敵の軍隊は独裁者の子分である。兵士が手にすることができるのは、ウォールストリートを頂点にその兵士まで続く権力のごますりたちの行列のなかで、最後に残されたおこぼれだけだ。彼は自分の特権を守る覚悟はあるものの、その覚悟の大きさは特権の重要さに応じている。もちろん給与や各種手当ては、ある程度の苦痛や危険に値するものだろうが、命とは引き換えにできない。それを守るために命をかけるくらいなら、放棄した方がましだ。つまり、彼らにとってはゲリラの危険を避けた方がいいのである。

この両者の考え方と士気の違いこそが、一九五八年一二月三一日［バティスタが辞任を表明した日］の重大な局面を生み出したのだ。

反乱軍の優位性は日に日にはっきりしていく。我が部隊がラス・ビジャスに達すると、革命委員会やラス・ビジャス第二戦線、人民社会党、真正党の小さなゲリラ組織など、他のどのグループよりも、七月二六日運動に対する支持が厚いことを証明することになった。これは主にフィデル・カストロという指導者の魅力ある個性によるものだが、その革命路線の圧倒的な正しさも一つの要素だった。

ここに反乱は終わった。だが、オリエンテの山と平地で、カマグエイの平野で、ラス・ビジャスの山と平野と都市での二年間におよぶ苦しい戦いの後にハバナにたどり着いた者たちは、グランマ号でラス・コロラダスの海岸に上陸した者たちや、戦いの初期に参加した者たちとは、違ったイデオロギーを持っている。農民に対する不信感は、農民の美徳への愛情と尊敬へと変化し、農村生活への無知は、農民の要求に対する深い知識へと取って代わった。**統計と理論に基づく机上の戯れが、強固な実践へと変化したのだ。**

農地改革を旗印にシエラ・マエストラで始まった戦いのなかで、ゲリラたちは帝国主義と対決することになった。彼らは知っている。農地改革が新しいキューバを建設する礎であることを。

農地改革が不当な所有者から土地を奪い、すべての持たざる者たちに分け与えるものであることを。

そして、最大の不当な所有者がアメリカの国務省とアメリカ政府の有力者であることを。だが彼らは、勇気、大胆さ、そして何よりも人民の支援によって困難を克服する道を学んだ。彼らはいま、この困難の向こうに解放の未来を見ている。

侵略に備えて大衆を動員する

以下はピッグス湾事件〔一九六一年四月、米国がカストロ政権の転覆を狙い、亡命キューバ人を使ってキューバに侵攻した事件〕の二〇日前にあたる一九六一年三月二八日、ゲバラがサンタクララの製糖工場労働者に向けて行なった演説の一部である。

……我々は常に、自分たちが戦争——彼らが言うところの冷戦のさなかに置かれているということを、肝に銘じておかなければならない。この戦争には前線もなく、連日の爆撃があるわけでもないが、カリブ海のこの小さなチャンピオンと巨大な帝国主義のハイエナが敵同士としてにらみ合っており、最終的にどちらかが倒れるしかない。

同志たちよ。北アメリカ人たちはよく知っている。キューバ革命の勝利は、彼らの帝国にとって単なる一回の敗北ではないこと、また近年ほころびを見せている、力ずくの人民抑圧政策の部分的な敗北ではないことを、彼らは痛感している。**キューバ革命の勝利は、たとえ怪物の手中にあろうとも、人民が立ち上がり自分たちの独立を宣言する力があることを、南北アメリカ大陸の人々の前にはっきりと証明したのだ。**それはラテンアメリカの植民地支配の終わりの始まり、つまり、米帝国主義の決定的な終わりの始まりを意味するだろう。

だからこそ、帝国主義者どもは自分から引き下がることはないのだ。これは一歩も後退することのできない、決死の戦いである。なぜなら一歩でも退けば、それは我々にとってもずるずると退却していくことになるからだ。そうなれば、歴史を決定づける瞬間に帝国の横行に抵抗しきれなかった売国的な政権や諸民族と、ついには同じ道をたどることになろう。たゆみなく帝国主義を叩きつつ前進しなくてはならないのは、そういうわけだ。世界中の事例から教訓を学ばなくてはならない。特に教訓とすべきは、ルムンバの虐殺である。

パトリス・ルムンバの虐殺は、帝国と断固として戦い続ける者に対して、帝国がいったい何をするのかを、よく示している。だから、我々は何度でも繰り返し、帝国主義の鼻っ柱を叩き続けねばならない。それだけが人民が真の独立を達成する唯一の方法なのだ。

決して一歩も退いてはならず、一瞬の弱みも見せてはならない！

そして、もしアメリカ帝国との戦いをやめれば状況は好転すると思わせるような誘惑に襲われたら、そのたびに、キューバ人民が独立を勝ち取るまでに経てきた数々の苦痛と死を思い出そう。農民は土地から追い出され、労働者は殺害され、警察によってストライキは破壊された。いまはキューバから完全に消え去った階級による、こうした数々の弾圧を思い起こそう。……そして、どうして勝利できたのかを理解しよう。我々が勝利を手にすることができたのは、人民が決意し、その革命的意識を高め、意思を統一し、武器を手にとってありとあらゆる攻撃の企てに抵抗したからだ。これこそが勝利への道なのだ。……

我々はそのことを忘れないし、何度でも断言しよう。キューバ人民の勝利は、外部からの支援だけでは、決して達成されることはない。いかにその支援が適切で惜しみないものであったとしても、また、いかに世界の人民の連帯が大きく力強いものであったとしても、それは不可能だ。たとえばパトリス・ルムンバとコンゴ人民に対して世界の人々は心からの連帯を送ったが、国内状況が悪化し、政府の指導者が帝国主義者に対して無慈悲に反撃する方法を知らずに退いたとき、彼らの戦いは敗北に終わったではないか。さらに、その敗北は数年だけでなく、何年続くかわからないのだ。それはすべての人民にとって大きな損失となったのである。
だからこそ、我々は自分たちに、こう言い聞かせなければならない。

キューバの勝利は、ソ連のミサイルや社会主義圏の連帯や世界人民の連帯にかかっているわけではない。キューバの勝利はキューバ人民の団結、労働、そして犠牲的精神にかかっているのである。

CUBAN EXCEPTIONALISM?

CHE GUEVARA SPEAKS 5

キューバは例外なのか？

次に紹介するのは、ゲバラがキューバ軍機関誌『ベルデ・オリーボ』一九六一年四月九日号に発表した「キューバ――歴史の例外か、反植民地主義闘争の前衛か」からの抜粋である。

（キューバ革命には）その起源と特徴からいって、一連の例外的側面が見いだせると主張する人たちがいる。悪気はないのか、それとも何か思惑があるのか知らないが、彼らはこうした比較的重要な特徴がまるで革命の決定的要因であるかのように誇張し、ラテンアメリカの他の進歩的政党の路線と比べるとキューバ革命は例外的なものだと主張する。そして、こう結論づけるのだ。キューバ革命の方法と道筋は独自のものであって、他のラテンアメリカ諸国の人民は別の歴史的コースをたどるだろう、と。

確かに、キューバ革命は例外的で独特な性格を持っている。そのことは認めよう。どの革命もそれぞれ固有の要素を持っていることは、明確な事実だからだ。だが、すべての革命は人為的には変えられない法則に従うということも、やはり明らかになっている。では、これらの要因が例外的と言えるのかどうか、考えてみよう。

まず、**キューバ革命でひときわ目を引く独自の要素といえば、ここ数年で歴史的な重要人物となったフィデル・カストロ・ルスという存在の傑出した力だろう。**

いずれ彼の功績が正しく位置づけられる日が来るだろうが、このキューバ首相の功績は、我々にとってラテンアメリカの偉大な歴史人物に匹敵するものだ。

では、フィデル・カストロという人間のどこが例外的だったのだろうか。その生きざまや性格からは、彼が他の同志や支持者たちのあいだで卓越した存在に成長していくための、さまざまな要素を発見できる。フィデルという男は強烈な個性の持ち主であるため、どのような運動に参加したとしても指導力を発揮したことだろう。それは学生時代からキューバの首相、ラテンアメリカの被抑圧人民の指導者になるまでの経歴を通じて、一貫している。彼は偉大な指導者の素質に加えて、天性の大胆さ、力強さ、勇気、常に人民の意思に目配りする並外れた思いやりを備えている。彼が今日のような名誉ある献身的な地位に就くことになったのも、これらの特質によるものだ。だが、彼は他にも重要な特質を備えている。それは自分が吸収した知識と経験をもとに、全体状況を隅々まで把握する能力、未来へのゆるぎない確信、誰よりも遠くを見据えて事態を予測する広い視野である。フィデル・カストロは、これらの優れた特質と、分裂の弱みに対抗して人々を一つにまとめる能力、全人民を行動に駆り立てる能力、人民への限りない愛情、未来への確信、自身の予測能力への確信によって、無の状態から今日のキューバ革命という堅固な体制を築き上げることに、他の誰よりも貢献したのである。

しかし、キューバは政治的・社会的に他のラテンアメリカ諸国とまったく違う状況にあって、革命が起きたのはその違いのためだったと断言することはできない。また、その違いにもかかわらずフィデル・カストロが革命を成功させたのだと断言することもできないだろう。偉大で有能な指導者であるフィデルは、その当時、彼なりの方法によってキューバ革命を導いた。その方法とは、大規模な政治的変動の意味を解釈することによって、人民に対して革命への道へと飛躍する心構えを持たせることだった。ところで、キューバと同じような条件を備えていても、他の国々の人民がその条件を再び利用して革命を起こすことは難しいだろう。というのは、どこかの進歩主義者のグループとは違って、帝国主義は自らの失敗から確実に学んでいるからだ。

キューバ革命において、一つ例外的状況と言えるのは、アメリカ帝国主義が混乱しており、革命の実態を正確に把握できていなかったという点だ。そう考えると、アメリカのジャーナリズムの明白な矛盾の数々を説明することができる。こうしたケースではよくあることだが、独占資本は明らかにバティスタの後継者を探し始めていた。なぜなら彼らは、人民に不満がたまっており、やはりバティスタの後釜《あとがま》を、しかも革命的な道筋によって求めていたことを知っていたからだ。となると、もはや役立たずとなった小物の独裁者を取り除き、帝国主義の利益に奉仕する「新顔」にすげ替えることほど賢いアイデアはないだろう。アメリカ帝国はしばらくのあいだ、手持ちの札からこのカードを切って勝負に出たが、無残にも失敗した。革命が勝利する前まで、彼らは我々を疑ってはいたが、恐れてはいなかった。むしろ、この種のゲームで勝ち続けてきた経験に基づいて、彼らは二股をかけることにしたのである。さまざまな機会を捉えて、ジャーナリストを装ったアメリカ国務省のスパイが、我々の素朴な革命を調査に来たが、彼らは何ら差し迫った危険を感じることなく帰っていった。

ハバナの街に凱旋した未熟な若造たちが、確固とした政治的意志と鉄のような実行力を持っていることに気づいたとき、帝国主義がそれに対応しようとしてももう遅かっ

たのだ。こうして一九五九年一月、カリブで初めての社会主義革命、南北アメリカを通じて最も徹底した革命が勃発したのである。

そのときブルジョワジーの多くの部分が、専制政治に対抗する革命戦争に賛同するふりをしながら、交渉による解決を求める動きを後押しした。彼らはバティスタ政権に代わる人間たちを配置することで、革命を抑えようとしたのだ。だが、それも例外的な出来事だとは思わない。

革命戦争の進行状況や、専制政治に対抗する複雑な政治勢力の動きを考えるなら、大地主たちが反乱軍に対して中立を保ち、あるいは少なくとも敵対的な態度をとらなかったのも、例外的なこととは言えない。民族ブルジョワジーは帝国主義と独裁権力の双方から脅かされており、軍によって日常的に脅迫され、財産を奪われていた。そんなときに若い反逆者たちが山から出てきて、かつての傭兵役をしている帝国主義の軍隊をやっつけてくれる姿を見れば、ある種の共感を覚えたとしても不思議ではないからだ。

このようにして、非革命的勢力までが革命政権の樹立に道を開く手助けをしてくれたのである。

さらに言えば、キューバが例外である理由をもう一つ付け加えることもできる。キューバの大半の土地では、農民は巨大資本による半機械化された農業の下でプロレタリア化されてきた。そしてより広い階級意識を持って組織化されるような段階にまで到達していた。それは確かに事実だ。だが、真実のために一つ指摘しておこう。グランマ号で海を渡ってきて壊滅させられた反乱軍の生き残りが最初に作戦行動をとった地域は、キューバの半機械化された大規模農場で見られる農民とは違った社会的・文化的ルーツを持つ農民たちの居住地だったという点だ。実際、革命部隊の最初の根拠地となったシエラ・マエストラは、大土地所有制に素手で抵抗した農民たちの逃げ場だった場所である。彼らはそこで国や貪欲な大地主から土地の一画をかすめ取って、ささやかな財産を手に入れようとした。そして、大地主と結託した軍による略奪と戦い続けねばならなかった。そんな彼らの望みは、土地の証文を手に入れることくらいだった。具体的に言うと、初めてゲリラ部隊に加わった農民出身の兵士たちは、このような社会階級を背景に持ち、土地を愛し、手に入れることに執着を示した。言い換えると、彼らは完全にプチブルに特徴的な思考を身につけていた。つまり、農民が戦ったのは、自分たちや子どもたちが使ったり売ったりできる土地を手に入れて、働いて豊かになるためだったのである。

そのプチブル的な思考様式にもかかわらず、農民たちはまもなく、大土地所有制を打倒しないかぎり、土地を手に入れるという自分たちの願いもかなわないことを悟った。農民に土地を分け与えるための唯一の方法は、抜本的な農地改革だが、それは帝国主義者、大地主、砂糖と畜産業界の有力者たちの利益と衝突する。

ブルジョワジーはこうした利

益集団と戦うことを恐れたが、プロレタリアートは恐れなかった。

このようにして、革命の流れは労働者と農民を結びつけた。労働者は大地主に対する要求を支持し、土地を見返りに与えられた農民は革命勢力の忠実な支持者となって、帝国主義者と反革命勢力から革命を守った。

つまり、我々の見解によれば、それ以外にキューバ革命を例外的な出来事として扱うべき要因は何もない。以上の例でもう十分だろう。

次に、ラテンアメリカのすべての社会現象の根底にあるものを探ってみよう。その社会の体内では、キューバのように革命レベルにまで達する変化をもたらすような矛盾が育ちつつある。

その矛盾の第一は——現在の重要度の順ではなく、年代順に言うと——大土地所有制、プランテーション制度である。大土地所有制は、一九世紀の偉大な反植民地解放革命以降の時代も、一貫して支配階級の経済的基盤となってきた。こうした地主階級はどこの国でも見られるが、社会の発達で世界が変化するに伴い、次第に没落していく。ところが一部の地域では、地主階級のうち目ざとい者たちが危険を察知し、資本の投資先を変え、ときには機械化農業を目指したり、あるいは蓄えの一部を工業に投資したり、独占企業の手先となった。いずれにせよ、大土地所有制は農民の奴隷状態を維持しつつ、常に反革命勢力として機能してきたが、植民地からの解放を求めた最初の革命は、ついにその基盤を打ち壊すことはできなかった。これはラテンアメリカのすべての国に一般的な現象であり、例外はなかった。スペイン王が最高位のコンキスタドール［一六世紀に南北アメリカ大陸を征服したスペイン人］に莫大な土地を授けた時代から、大土地所有制はありとあらゆる不正義のもとになってきた。キューバについていえば、先住民やクレオール［植民地で生まれ育った白人］、メスティーソ［白人と先住民との混血］に残されたのは、円形の下賜地の三つの円に挟まれたレアレンゴと呼ばれる細切れの土地だけだった。

ほとんどの国では、大地主たちは自分たちの力だけでは生き残れないことに気づくと、強大な力でラテンアメリカ人民を残忍に抑圧する独占企業と手を結んだ。未開拓の土地に入り込んだ北アメリカ資本は、ひともうけした後に、彼らが「受益」国に投資した額の数倍に達する資金を「気前よく」与えられ、それをこっそりと持ち帰った。

ラテンアメリカは帝国主義者同士の争いの場となった。コスタリカとニカラグア間の「戦争」、パナマのコロンビアからの分離、ペルーとの紛争におけるエクアドルに対する不名誉な仕打ち、パラグアイとボリビアの紛争など、これらは国際的独占企業間の巨大な争いが反映されたものに過ぎない。これらの争いの成り行きは、ほぼ第二次世界大戦後のアメリカ独占企業の利益になるように決定づけられたのである。それ以来、アメリカ帝国は手に入れた植民地をしっかりと握って放さず、他の帝国主義国からの新規の、または旧来の競争相手の侵入を防ぐために、できるかぎりの対策を講じた。その結果、ラテンアメリカの経済は大きくゆがめられたが、帝国主義体制の経済学者たちは我々を下等な人間扱いして深い哀れみを示すとともに、遠慮がちに無難な言葉でこう表現するのである。「哀れな小さいインディオ」——これは迫害と征服によって絶望に追いやられ、ひどい搾取に苦しむインディオを表す。「カフード〔有色人種〕」——これは独自の文化を奪われて差別される黒人やムラート〔黒人と白人の混血〕を指す言葉である。彼らは個人的には機械のようにこき使われる一方、集団としては経済条件改善のために戦う労働大衆を分断する手段として利用されている。そして「低開発《ママ》」というのは、我々ラテンアメリカ人民に与えられた、ご丁寧にも洗練された呼称だ。

「低開発」とは何か。

頭でっかちで鳩胸の小人《ママ》は、その体格に不釣り合いな細い脚と短い腕を持つがゆえに、「発育不全（低開発）」とされる。それは身体形成の異常による、ゆがんだ発育の結果だ。これこそ、我々の本当の姿だ。

ラテンアメリカの国々は「低開発」という上品な呼び名を与えられたが、実際のところは植民地、半植民地、従属国なのだ。

ラテンアメリカ

の国々の経済は、帝国主義によってゆがめられている。帝国主義は彼らの複雑な経済を補完するために、我々の国々の内部に自分たちの工業や農業の部門を異常に発達させた。「低開発」、つまり開発のゆがみは、原材料部門への特化という危険を随伴させ、そのためにラテンアメリカの人民は飢餓の恐怖につきまとわれることになった。我々「低開発」諸国は、単一商品と単一市場というモノカルチャーの農業構造を持っている。価格の不安定な単一の商品が、一方的な取引条件を強要される単一市場に依存しているのだ。これは帝国主義が経済を支配するための最高の手法である。「分割して統治せよ」という、古くていまも新しい、ローマ帝国のスローガンに匹敵するものだ。

　さらに大土地所有制は帝国主義と結びつくことで、いわゆる低開発状態を形成し、低賃金と失業を生み出す。この低賃金と失業という現象は、さらなる低賃金と失業を生む悪循環を引き起こし、経済システム自体が内包する景気循環にも翻弄されて、矛盾はますます激しくなっていく。この状況は合衆国とメキシコの国境をなすリオ・ブラーボ[1]から南極にいたるまでの、アメリカ大陸の人民全体に共通したものだ。この「人民の飢餓」(私はそれを強調して太字にしておく)という共通項こそ、こういった社会現象を考えるうえで、分析の出発点とされるべきことがらだ。

人間がこのような飢餓状態に陥るのは、抑圧さ

れ、迫害され、搾取されることで、疲労が限界に達したためだ。その疲労は、来る日も来る日も、わずかな金と引き換えに自分の労働力を（膨大な失業者の群れに飲み込まれる恐怖を抱きながら）売ることによって蓄積される。その一方で、一人ひとりの人間の体からは、最大の利潤が絞り取られていく。そして結局、そうやって吸い上げた利潤は資本家のどんちゃん騒ぎで浪費されるのである。

以上で見てきたように、ラテンアメリカには見過すことのできない、大きな共通項がある。人民に恐ろしい永遠の飢餓をもたらすこれらの要因は、キューバにおいても例外ではなかった。大土地所有制は、それが原始的な搾取形態であれ、資本主義的な土地の独占であれ、新しい状況に適応して帝国主義と結託した。帝国主義とは、国境を越えた金融支配と独占資本主義による搾取の一形態であるが、そのねらいとするところは、遠回しに「低開発」と呼ばれる経済的植民地をつくり、低収入、不完全雇用、失業による飢餓をもたらすことだ。これらはすべて、以前のキューバにも存在したものである。飢餓についても、キューバは例外ではなかった。かつてキューバの失業率はラテンアメリカで最高の水準にあった。帝国主義者はラテンアメリカの他の国々より、キューバにおいていっそう残酷に振る舞ったのだ。キューバの大土地所有制も、他のラテンアメリカ諸国に負けず劣らず強大だった。

帝国主義は各国に傀儡《かいらい》政権を従え、傭兵を置いてその政権を守り、人間が人間を搾取する複雑な社会制度を守っている。その巨大な帝国主義という現象から解放されるために、我々は何をしたのか。それは、ある処方である。その処方は以前にも、我が愛するラテンアメリカの大きな病弊を治療する試験薬として投与されたものだが、その効能はまもなく科学的真理として認められるところとなった。

闘争の客観的条件を規定するのは、飢餓、それに対する人民の動き、人民の動きを押しつぶそうとするテロの爆発、このような弾圧から生まれる憎しみのうねりなどだ。ところが、ラテンアメリカには最も重要な主観的条件が欠けていた。そのなかでも**重要なのは、武装闘争によって帝国主義列強とその国内の協力者に対して勝利できるという自覚を持つことだ。**主観的条件は武装闘争から生まれる。武装闘争をすることで、変革の必要性が明らかになり（変革を予見することも可能になる）、人民の力で軍隊を打倒して壊滅させる必要性（これは真の革命を目指すなら絶対条件だ）が明確になるからだ。

こうした主観的条件が武装闘争から生まれることはすでに明らかにされてきたが、ここではあらためて、この闘争が農村から始められるべきだということを説明したい。農民たちは大きな目標（その第一の目標は土地の公正な分配である）によって戦いに駆り立てられ、農村で軍を組織して蜂起し、都市を占拠することになろう。キューバで見られたように、未来の解放を目指すラテンアメリカの農民階級は、人間社会を動かす法則を発見した偉大な思想家たちが生み出した労働者階級のイデオロギーに基づいて、偉大な軍隊を組織する。この軍は、権力奪取のための主観的条件が熟した農村地域でつくられ、都市に進軍して占拠し、労働者階級と結びつくことで、さらに思想的に成長していくことだろう。農民軍は当初、小競り合いや奇襲、さらには大きな戦闘で、圧制者の軍隊を打ち破るに違いない。このころには、人民の軍隊は小さなゲリラ集団から大規模な人民解放軍に成長していることだろう。そして前に述べたように、古い軍隊を消滅させることで、革命権力は一段と強化されるのである。

（1）アメリカ合衆国で「リオ・グランデ」と呼ばれる川のラテンアメリカでの名称。

CUBA'S ECONOMIC PLAN

CHE GUEVARA SPEAKS 6

キューバの経済計画

キューバのテレビ番組『人民大学』は、さまざまな講演や教育プログラムを提供している。この番組はもともとゲバラによって開設されたものであるが、ピッグス湾侵攻が失敗に終わってその騒動がようやく収まったかどうかという一九六一年四月三〇日、ゲバラ自身が番組に登場して、キューバの経済計画について重要な演説を行なった。番組のなかで彼は、図表や地図などのビジュアル素材を活用している。

……実際のところ、生産手段の国有化は二つの方法で同時に進められている。一つは、明確な目的に基づいて、法律や命令によって論理的・意識的に主要産業を国有化する方法であり、もう一つは、打倒された階級の集団的な抵抗と、この二年間にわたって休みなく続いた政治動乱の結果としてである。

我が国には、財務省が資産回収担当副書記局を通じて執行する一連の法律があるが、当初はそれらの法律によって、その価額の大小を問わず不正に手に入れた資産を没収していった。そして現在では、反国家的活動に関わった個人の財産を没収している。

　そうしたなかで、プチブル階級に大きな分裂が生じた。彼らの一部は、国家と革命と人民の側について革命に合流した、より理性的で、イデオロギー的に目覚めており、より愛国的で勇敢な、小規模な生産手段すら持たない者たちである。一方、一部のプチブルたちは、打倒されつつあるブルジョワに思想面だけでなく経済面でも従属を深めていた。そして陰謀をたくらんだり、あるいは海外に逃亡し始めた。この過程で、政府は彼らが残していった小企業群を接収して、労働者に職場を提供しなくてはならなくなった。

　いまでもこの状況は続いている。我々は彼ら小企業主に保証を提供してその流れを食い止めようとしたが、残念ながらアメリカの権力からの誘惑のほうが勝っていた。小企業主と商人は時には共謀活動に関わり、時には自分たちが征服者となって帰ることを夢見て、時にはただ恐怖心に駆られて、時には山に入ったり地下工作をすることで勲章でももらおうと考えたのだ。だが、彼らは我々の巨大な諜報機関、つまりキューバ人民全体によって摘発された。

　その結果、我々は彼らから、ありがたくない贈り物を頂戴することになった。それはおとぎ話に出てくる七人の小人と山小屋、いや、それと大差ない労働者たちと粗末な工場である。**そこ**

には衛生施設もなく、機械化のかけらもなく、初歩的な組織という概念すらなかった。それでもその七人は働いて家族を食わせなくてはならないため、我々は当然のごとく最善を尽くして彼らを引き取り、工場の合理化に努めているのである。……

（ここでゲバラは図表を使って工業省の組織と機能について説明する）

では、これで工業省の生産部門である企業とは何かについての——完全とは言えないにしても、私にできる範囲内での——説明を終える。工業省には他の機能もある。それは計画を立てること、つまり企画して未来を予測することだ。未来を予測するために、計画を立てる必要があるわけだ。では、計画とは何だろうか。

ただし、いまは計画一般について語ったり、理論的な比較検討をしたりする場ではない。ここでは社会主義国にとって計画とは何かについて述べたいと思う。まず、計画の基本的な前提条件を説明しよう。

計画立案の第一条件は、生産手段を管理することだ。経済計画のための完璧な前提条件は、生産手段の大部分、できればそのすべてを、国家が管理することである。

つまり、現実的な経済計画とは、社会主義経済の概念に基づいた中央集権的な国家計画のことである。だが、これはおそらく最初の一歩に過ぎない。我が国もようやくその一歩を踏み出したところだ。キューバはいまや生産手段を国家の管理下に置いているが、それだけで計画を立てることが可能だろうか。無理だろう。計画を立案するには、国家の現実を正確に把握しなくてはならない。つまり、すべての経済的要素に対する正確で詳細な統計的知識をしっかりと把握する必要があるのだ。だが、それは容易なことではない。なぜなら、キューバにいる者なら誰でも知ってのとおり、また海外から来た者にもわかることだが、経済的植民地主義の基本的性格は、資本主義と同様、無秩序なものだからだ。つまり問題は、正確な状況を把握するための適当な統計データが存在しないという点にある。

革命政府は国家機関全体をあげて、統計データの収集に積極的に取り組んできた。そして、それはほぼ完了したと言っていい。統計データと生産手段の管理権を手に入れたら、次は達成目標を決める必要がある。その際には、何を、どんな手段で、どのようなスピードで達成するのかを明確にしておかなくてはならない。それが決まったら、適切なバランスシートをつくる。計画にはある程度の現実性が必要だからだ。わかりやすくするために、そこに具体的な言葉を入れてみよう。「これだけの数の学校をつくっておけば、あと五年は学校をつくらないですむ。これだけの住宅を建てておけば、あと五年は家を建てる必要はない。これだけの艦船を建造すれば、あと五年は船をつくらないでもいい。これだけの飛行機を製造すれば、あと五年は外国から飛行機を輸入する必要はない」

このように計画を立てることは可能ではあるが、バランスシートを作成して、自分たちに必要なものと実際にできることを比べてみれば、これは非現実的だということがわかる。そもそも、何世紀にもわたって食べるにも事欠いてきた人民の必要を、五年の間にすべて満たすことは物理的に不可能だからだ。

その次は、腰を据えてじっくり考える番だ。ここを減らし、あそこを削って計画の帳尻を合わせたら、その計画が、私が指摘した点にしっかりと重点を置いているかどうかを確かめるのだ。つまり、この図の第四の点、新たな生産手段を生み出すための企業をつくるということだ。ここで大事なのは、たとえそれが我が国の工業発展の速度を多少遅らせることになったとしても、生産手段を生み出すこと、より正確に言うと、海外から生産手段を購入することが必要だということだ。

これらをすべて終えても、まだ計画はできない。少なくともあと二つ、重要な要素が残っている。一つは指導機関である。無秩序な資本主義の下では、計画は不可能だ。二人の経営者が一つの市場で争い、あらゆる犠牲を払って国内市場を獲得しようとするような状況では、計画は成り立たない。計画は必然的に統一的指導、つまり統一された厳格な指導を必要とする。この統一的指導を率いるのは、我が国においては中央計画委員会である。この委員会は、フィデル・カストロ首相が委員長を、そしてラウル・カストロ副首相が副委員長を務めており、言い換えれば、キューバの最高権力者たちが直接に計画を指揮・管理することで、計画の実施に欠かせない命令の統一性を確保しているわけだ。

ここで一つ、覚えておいて欲しい。いま我々が進めているのは、この計画の準備段階だということだ。計画は一九六二年に開始される。そのために、いまはデータを収集し、何が必要で、それを収支の枠内でどうやって入手するのかをはっきりさせておかないといけない。

さらにもう一つ、社会主義体制における経済開発計画に不可欠な要因が残っている。それは人民が計画を理解し、それを支持することである。計画は機械的なものではない。どこかの役所や冷たい実験室のような、半ば現実から遊離した場所でつくられ、上意下達されるものでもない。

計画は生き物だ。その根本的な目的は、国内に眠っている資源を見つけ出し、それを生産のために働かせることにある。

それには生産の大きな要素である人民が奮い立たねばならない。また人民はこの国に何が必要かを理解し、それぞれの持ち場で国家の目的を議論しなくてはならない。人民に理解され、承認されてこそ、計画は前進するのだ。つまり、計画は上でつくられて下におろされるのが自然な流れではあるが、下からまた上へと上がってくるわけだ。

言うならば、人民と一体化している政府の指導者は、何が人民にとって最善かを考え、もちろん論理と判断に基づいた上で、ある程度は独裁的にそれを数値化する。そしてその数値は中央計画委員会から工業省に送られ、そこで工業省は適切な判断の下に修正を施す。工業省は他の省庁よりも実生活と関わりが深いからだ。次にここから企業へと数値が下され、さらに修正が加えられる。企業から各工場へと送られ、そこでも修正がなされる。そして工場から労働者へ送られて、そこで労働者は計画に対して最終的な意見を述べることになる。

つまり、計画の実行は大いに民主的な作業であり、それこそが計画実行のための必要不可欠な基盤でもある。経済計画をつくる際に、キューバでは個人的なもうけや成功をもくろんで提案をする者はいない。社会正義のある国ならどこでもそうだろう。経済を発展させるのは、国を豊かにして、各人がよりよい収入と生活を手に入れるためだ。だとすれば、この国の誰もが計画に関心を持つだろうし、また、関心を持つべきだ。したがって、計画の中身をもっと詳細に知る必要がある。計画を機械的に承認するのではなく、大衆にまで情報を届かせて、そこで議論と学習が行なわれるべきなのだ。

ここで一つ、提案が機械的に承認されたときの事例を見てみよう。この話を出すと頭を抱える同志が出てくるかもしれないが、建設的な精神で受け止めてもらえたら、それはよい実例になるだろう。これは計画のあるべき姿とは正反対だからだ。ただ、この誤りは仕事への熱意、（ピッグス湾事件での）勝利の高揚感、そしてメーデーが近づいているという事情を反映したものであることに留意すべきだろう。しかし、私に言わせれば、それは本来あるべき計画とは正反対なのである。

何日か前、砂糖連盟の同志たちが「メーデーまでに六〇〇万トンの砂糖生産を」というスローガンを掲げた。一〇日だか一二日だかにこの話を耳にして、私は驚いた。なぜなら、サトウキビの収穫状況について知っていたからだ。砂糖コンビナートの総支配人であり、コンソリデーテッド・シュガー産業の社長であるメネンデス同志を呼んで事情を聞いてみると、彼が言うには、それは労働者が進んで決めたことなので、大衆に公表されるまで彼はあずかり知らなかったのだそうだ。しかし、この目標は達成不可能だ。今日は四月三〇日であり、メーデーは明日だ。六〇〇万トンの目標を達成するには、たった一日で四〇万トンを生産しなくてはならない。ありえない話だ。

どうしてこのような誤りが起きたのだろうか。どんな計画だったにせよ、それが大衆にまで届いていなかったからだ。誰かが六〇〇万トンという目標を立ててこう言ったとする。「よし、いま五五〇万トンあるから、あと五〇万トンだ。各製糖工場はどれだけ生産すればいいんだ？」。そうして彼は、各製糖工場が生産すべき砂糖の量を計算する。それが製糖工場に伝えられると、労働者はこう言う。「それだけの量をつくるのは無理だな。いまから五月一日までじゃあ、できない相談だ」

そうなっていれば、その計画は自動的に破棄され、このような厳しい状況には至らなかっただろう。**労働者は革命の最も重要な代弁者だ。**労働者たちができないと言ったということは、政府の発表に何かしら思慮の足りない部分があったことを意味するわけだ。

計画というのは、もちろん経済計画全般を意味しており、それは国の経済全体を網羅している。国家の工業化も計画の一部である。工業化は厳然たる事実に基づくべきものだ。

計画についてと同様、工業化にもさまざまな分野があり、話すべきことは多い。工業化の理論というものもあるはずだ。しかし、我々は非常に実践的な人間であり、私自身も自分が実践するなかですべてのことを学んできた。したがって、細かな理論的な問題はもっと頭のいい専門家たちに任せたいと思う。我々が正確に語れるのは、キューバにおける工業化とは何か、そして工業化の基礎――社会主義計画経済によって運営される国家の工業化の基礎となるものは何かについてだ。……

（ゲバラは地図を使ってキューバに建設される新しい企業の位置を指し示す）

これがこの国の将来図、これからキューバをどんな国にしていくのかを表したパノラマ図である。これはキューバが平和に発展し、平和勢力が順調に増えていくことで侵略の危険が減っていくという希望的観測に基づいている。

それが我々の当然の希望であり、最も強く願っていることだ。だが、現実はそうでないことを知っておく必要がある。いま抱えている問題は、つまり工業化の問題を分析するにあたって最優先で考えなくてはならないのは、帝国主義者による侵略である。それがどこまで激しくなるのか、私にもはっきりしたことは言えない。

ケネディ氏の言葉を聞くと、彼は自分に特別な使命があると信じ込んでいるようだ。その言いぶりはファシストのように大げさで傲慢であり、怒りにあふれている。アメリカ大陸で初めて、自分たちの考えを押し付けられなくなったからだ。だから、合衆国が今後どう出てくるかは予測がつかない。

これは工業建設の上でも非常に重要な問題をはらんでいる。なぜなら、建設に加えて、戦争からの復興という課題に取り組む必要が出てくるかもしれないからだ。勝利が我々の手にあることは確かだとしても、帝国主義者の侵略がどれほどの破壊をもたらすかわからないのである。……キューバにおいては、技術者はその分野で最も有能な者がなるべきだ。アメリカの技術者たちは、搾取される側である大衆と、搾取する側の少数のグループの中間に位置づけられており、労働者よりも量的・質的に多くのおこぼれを頂戴できる立場にある。……

そこで、我々はまったく新しい存在――つまり、労働者階級や農民の出身でありながら、革命から生み出された人間を創造しようとしている。シエラ・マエストラの山から出てきた、電灯も見たことのない子どもたちが、いまはカミロ・シエンフエゴス学校［ゲバラとともに反乱軍を率い一九五九年に事故死したカミロの名を冠した学園都市］のようなところで技術を身につけ、農業機械の熟練技術者へと育ちつつある。**彼らは人民と一体となった未来の新しい技術者の礎となることだろう。彼らは誰に対しても劣等感や優越感を覚えることはないに違いない。**

キューバの古いタイプの技術者には欠点があり、理想的な者たちとは言えなかったが、我々は彼らを重用せざるをえなかった。技術者がいないよりもましだと考え、妥協した結果だ。なぜなら、技術者はもともと必要とされる数よりはるかに少なかったし、またはキューバを出て行ってしまったからだ。いまでも国外に去りつつある。毎日のように亡命者が出ていることは、誰もが知っていることだ。ある者は買収され、もっと穏便な言い方をするなら、キューバの新しい「風土」に適応できなかったためである。多くの人が考えるほど彼らの道が平穏だとは思わないが、これが現実なのだ。

そういうわけで、我々は一連の問題を抱えてきた。技術的知識の不足、一部技術者の意識水準の低さ、そして何よりも技術者自体の不足である。それが経済発展に困難をもたらしてきたし、いまでもその状況は変わらない。乏しい知識しか持たない同志たちを大量に訓練し、訓練が半ばであっても、彼らに頼るしかない。読み書きを教え、それがある程度身についたら、最低限の学習と技術的知識だけでできる仕事を与えるのだ。すべてはこのようなかたちで、一から始めなければならない。これが経済建設という偉大な仕事なのだ。これは人間の手による一種の奇跡とも言える。まったく新しい精神を吹き込まれた人民が、生産という聖なる思想に満たされ、この厳しい条件下で素晴らしいスピードで新しい社会をつくるという重要な仕事を担うのだから。……

そのうえ、我々は帝国主義者による原料の封鎖という問題を抱えている。たしかに、原料はある。私が言ったように、ある程度の原料はあるが、それは機械を動かすためではなく、いざというときのためだ。なぜか。帝国主義者による封鎖があるからだ。

たとえば、彼らはアンモニアを売ってくれない。「クーバニトロ」は自前のアンモニア工場を建設中ではあるが、すぐにソ連から輸入することもできない。帝国主義者たちはアンモニアが工業一般に使われる原料であることを知っている。そのため「クーバニトロ」は操業できないでいるのだ。

同じことが他の工場でも起こっており、能力の半分も機能していない部門もある。我々の野心的な計画が達成できなかったのは、おおむねそのせいである。その生産計画は、必要な原料がすべてそろっており、予備の部品もあるという前提で立てられたものだった。それは一九六二年から始まる本番の開発計画のための予備計画だったので公表はされなかったものの、我々はその目標達成のために必死に働いた。

先ほど製糖部門の指導者同志と労働者の誤りを指摘したが、我々もそれと同じような失敗を犯している。大衆のなかに入っていかず、実験室でつくったような計画を立てた。そして設備の能力だけを見て生産物を計算し、増産可能な量を計算した。それが、私がいま公表した労働計画である。目標を事前に公表しなかったのは、それがまだ検討段階だったからだ。だが、その計画はこうした欠点を持つものだった。その

問題点を挙げるなら、計画を立てるにあたって大衆が参加しなかったことだ。大衆が参加していない計画は、重大な失敗

のおそれがあるということだ。

その計画の達成率はわずか二五パーセントだった。つまり、四分の一しか達成できなかったわけだ。ところが一九六〇年を一〇〇とすると、その達成率四分の一の計画は一七五という計算になる。四分の三が失敗に終わった計画をもってしても、一年で七五パーセント増となったのだから、驚くべき数字だ。ここから何がわかるだろうか。……一つ基本的なことは、キューバには信じられないほど多くの生産余力が存在するということだ。

我々がすべての生産余力を引き出すことに失敗したのは、一つには原料不足のためであり、もう一つは、この計画が限られたものだったにしても、大衆のなかに入って十分な討議ができなかったためだ。これらの経験はすべて、偉大な四カ年計画を立てる際に参考にされることだろう。……

ここまで工業化に関するほとんどの問題について話してきたが、次に労働者との関係について強調しておきたい。

大衆との関係の重要性については、すでに見てきたとおりだ。もちろん、これは政府側だけの誤りではない。どちらにも誤りがある。労働者階級はまだ、自分たちの強さ、潜在能力、義務と権利について十分に自覚しているとは言えない。……

キューバはいま、この革命が社会主義革命であると宣言する画期に立っている。**社会主義とは単なる言葉の問題ではなく、経済と意識によってつくられるものだ。**だからこそ、我々はこの面で一層の努力を求められているのだ。

たとえば、私は数日前にこんな新聞を目にした。ここで言及するほどの価値はないかもしれないが、これも革命の一つの産物だ。これはトロツキストの新聞で、確か名前は……（背後から『ボス・プロレタリア』という声がする）そう、『ボス・プロレタリア』だ。これはトロツキストの観点から技術諮問委員会を批判したものだ。その新聞によれば、技術諮問委員会は政府内の臆病なプチブルによってつくられたものであり、工場運営の権利を要求する大衆の声に応えるふりをして、実際には何も与えていないのだという。

この批判は理論的に言ってばかげているし、実際にはこれは中傷か、そうでなければ大きな間違いだ。(2) たしかに技術諮問委員会には問題がある。それは大衆の圧力によってつくられたものではないという点だ。大衆が望んでもいない手段を官僚的に上から下に与えるために、この委員会は設置されたのである。だが、それは大衆の誤りでもある。我々「臆病なプチブル」は大衆の声を聞くためのルートを求めており、そのために技術諮問委員会を設置したが、それはいずれにせよ完璧なものにはならないだろう。なぜなら、この委員会は我々が自分たちで考えて、自分たちで設置したもの、つまり、こうした問題について経験のない者の手によるものからだ。特に強調しておきたいのは、大衆からの圧力はまったくなかったという点だ。**本来、すべてのことがらには大衆からの圧力があってしかるべきなのだ。**

というのは、大衆は、計画はどんなものか、工業化とは何か、各工場が何をすべきか、自分たちのノルマは何か、そのノルマをどう増減させるか、各工場の労働者階級の利益はいかほどか、などについて、関心を持っているはずだからだ。これらすべての問題を前に、大衆は行動してしかるべきなのである。

大衆はたえず自分たちの労働現場で起こっていることに関心を持つべきだし、それを国全体のくらしと結びつけることができなければならない。

我々は技術諮問委員会の効果を増大させるべく、議論を続けていくつもりだ。現在、同委員会の重要性はますます高まっている。なぜなら、やはり革命政府によって上からつくられた予備部品委員会にも関わりがあるためだ。我々は大衆との間を糸で、いや糸では細すぎる、パイプでつなぎ、大衆の声が自動的に上部に届くようにしたいと考えている。つまり、確かなことは、エアコンの効いた快適な役所の部屋に閉じこもっていたら、労働者の鼓動は耳に入ってこない。だからこそ、声を届けるパイプが必要なのだ。

我々はこの状況を改善し、労働者階級が革命に深く関わっているという実感を持てるよう、やれることは何でもやっている。そのための非常に重要な計画が、二つ用意されている。そのうちの一つは、数日以内に公表できるだろう。それは国民競争プログラムと労働者教育プログラムである。

フライングになるが、ここでその中身を説明しておこう。国民競争プログラムは、二つの段階に分けられる。その第二段階はすでに発表されているが、労働ノルマを伴う技術的プログラムだ。これらのノルマには報奨がかかっている。つまり生産物、生産性、報奨が三位一体となるわけだ。この報奨は精神的なものが基本だが、物質的な刺激も含まれる。

競争プログラムの第一段階は、ここが肝心なのだが、組織面に関わる部分だ。現代の労働者の競争は、どこに焦点を当てるべきだろうか。工場を清潔に保つこと、機械を完璧に調整すること、予備部品に目を配り、それがどうつくられるか考えること、原料の確保に留意し、原料が輸入できないときは代替手段を講じること、機械だけではなく、生産の拠点である労働現場を破壊工作から守ること、革命組織に参加して革命を防衛すること、それから何と言っても、技術水準を向上させ、労働と頭脳と知恵によって、国の生産に貢献することだ。

先ほど述べたように、これらすべてのことは二つの段階に共通している。第一段階は競争プログラムの組織面に関わる部分であり、第二段階は文字通り、技術がものを言う競争の段階だ。

一方、教育プログラムは最も初歩的な水準から——別に人間をレベル別に区分けしようというつもりはない。それはトロツキストの同志たちが言うようにプチブルの悪い習慣だ——最も初歩的な水準から最高の技術的能力までを含むものだ。

たとえば、我々は最低限の技術からスタートする。最低限の技術とは何か。自分の職場で機械を操作するのに必要な能力のことだ。続いて一連の学校がつくられるだろう。小学校を設立し、さらに高校、大学へと続く。たゆみない教育によって、労働者は最低限の技術だけを身につけた文字の読めない労働者から、高度な能力を持つ技術者、共和国の大統領のような人材へと導かれていくだろう。労働と学習を並行して行なうことで、労働者を技術的に訓練し、あらゆる方法で教育するのだ。

この大がかりな仕事は、工業省だけですむ話ではない。工業省は計画の最初の部分を受け持つ。探究心旺盛な労働者を見つけ出して基礎的な教育を施し、初歩的な企業運営のための学校を設立することだ。そのあとを教育省、あるいは閣僚会議または中央計画委員会などの上級機関が引き継ぎ、労働者に専門的な高等教育を施す。

これは紙の上ではうまくいくように見えるかもしれないが、他の物事と同様、その多くは書かれているほど簡単には進まないだろう。だが、このプログラムの基本となるのは、二つのことだ。それを除いては、この仕事を成し遂げることはできない。一つはキューバ国家自身の決意、もう一つは社会主義陣営の援助である。キューバが自らを進歩させ、解放しようと努める姿を示すことで、社会主義陣営は自然と手を差し伸べるようになる。そして両者が一つに合わさって補完しあうのだ。社会主義陣営の支援を実感できれば、より安心して、大きな確信を持って物事を達成しようという意欲が生まれ、それがさらなる社会主義陣営からの援助をもたらすだろう。この二つのことは密接に関連しあっている。

キューバ人民は高い理想を掲げて革命を成就させたが、その後の数カ月間、それは帝国主義にとって危険な存在ではなかった。ところが、その後の反革命勢力との闘争を契機に、キューバは現在のような生産手段の国有化と全面的な計画経済を伴う徹底的な社会主義革命へと向かうことになった。これが我が国の歩んできた道である。だが、我々は直接の当事者としてその変化のただ中にいたため、その発展段階をじっくりと観察するゆとりもなかった。……

もちろん、ここは社会主義の定義を述べる場ではないが、私が関わる工業省について言うなら、その仕事と責務を遂行するにあたって、

社会主義とは人民のための

生産手段を人民が所有するところにその特徴があるという点を頭に入れておくべきだ。

当然、我々が生きるこの新たな歴史的段階に関しても語る必要が出てくるだろう。そして、ここが最も重要な部分であるが、社会主義には純粋な経済面だけでなく、人間の意識に関わる側面があることもはっきり言っておこう。

きっと首相がこの講座を締めくくり、首相自らが、あるいは他の同志が、これらの質問にしっかり答えてくれることと思う。だから最後に、一つだけ強調しておきたい。歴史発展の新しい段階においては、人民が自分たちの権利と義務について明確な意識を持たないかぎり、我々が望んでいる真の意味の社会主義社会――完全に民主的で、人民の要求と願望にのっとった、人民の意志ですべてが決定される、文字通り民主的な社会主義社会――を達成することはできず、そのなかで現実に働くこともできないということを。……

（2）ゲバラに批判されたキューバのグループは、より正確に言うとポサダス派と呼ばれ、そのメンバーはアルゼンチンのホアン・ポサダスの支持者であった。ポサダスは一九六二年初めにキューバや他のラテンアメリカのグループを、国際的なトロツキスト組織である第四インターナショナルから分派させた。分派したポサダス派は自ら第四インターを名乗って、カストロ政権への敵対姿勢を強めるが、第四インター主流派からは極左・分派主義者として糾弾されることになる。第四インターは過去から現在に至るまでキューバ革命政権を熱烈に擁護している。

AT PUNTA DEL ESTE

CHE GUEVARA SPEAKS 7

プンタ・デル・エステにて

一九六一年八月、ウルグアイのプンタ・デル・エステにおいて、米州機構（ＯＡＳ）が主唱する米州経済社会理事会が開催された。当時、ケネディ政権はピッグス湾侵攻の失敗で失墜した威信を回復し、キューバ革命が他のラテンアメリカ諸国に波及することを食い止めようとしていた。その目的を果たすため、米国務省はこの会議で「進歩のための同盟」［ラテンアメリカの社会主義化を防ぐために、米国がＯＡＳ加盟国に開発援助と民主化推進を提案した］を提案し、その承認を求めた。合衆国の外交当局はキューバの排除につとめたが、米州機構からキューバを除名するまでにさらに半年はかかる見通しだったため、会議の合衆国代表として会議に参加したＣ・ダグラス・ディロン［ケネディ政権の財務長官］は、チェ・ゲバラ率いるキューバ代表団と同席せざるを得なかった。以下は一九六一年八月八日にゲバラが行なった演説からの抜粋である。

ここで一つ、言っておきたい。キューバはこの会議を政治的なものと考えている。政治と経済は切り離せるものだという考えには同意できないし、我々の理解では、政治と経済は常に関連しているものだからだ。自国の人民が生命の危機にさらされているのに、自分の専門の話ばかりしている専門家がいるだろうか。それと同じことだ。なぜこの会議が政治的なのか、さらに説明しよう。なぜなら、すべての経済会議は政治的だからだ。さらに、この会議がキューバに反対するためのものであり、キューバがラテンアメリカに示した実例に反対するために考え出されたものだからだ。

それを疑うなら、こんな例はどうだろう。一〇日に（パナマ）運河地帯のフォート・アマドールで、ジョージ・デッカー将軍［当時の米陸軍参謀総長］はラテンアメリカの軍人たちに人民を抑圧する技術を手ほどきする一方で、モンテビデオ［ウルグアイの首都で、米州機構の本部が置かれている］の専門家会議に言及し、それを支持すべきだと語っている。

それだけではない。ケネディ大統領は一九六一年八月五日、開会のメッセージのなかで、こう断言している。「この会議の出席者は、西半球始まって以来の歴史的瞬間に立ち会っている。この会議は、単なる経済会議や開発のための専門家会議ではない。なぜなら、現代社会が直面している人間的・物質的問題を解決する自由主義陣営の能力を示す場であるだからだ」

さらにペルー首相の発言を付け加えてもいいだろう。彼もまた、政治問題に言及しているからだ。だが、私の演説はやや長くなると思われるので、代表団の諸君が退屈しないよう、議案の第五項にある、いわゆる「専門家」の発言をいくつか引いておこう。

一一ページの最後を見ると、こう結論が書いてある。「特別会議で承認された計画を西半球全体と各国レベルで政治的に進めていくにあたり、労働組合諮問委員会による協議手続きを常設して重要な役割を担わせること」

つまり、私がキューバ政府の名で政治的問題を話す権利があることには、まったく疑問の余地がないのである。そのことを確認するため同じ報告の七ページ、問題の第五項から引用しよう。「文明世界に欠かせない価値をたゆまず、妥協することなく守っていくという、民主的な言論機関の役割を妨げるならば、あらゆる新聞、ラジオ、テレビ、映画が政府の絶対的権力によって統制されている現在のキューバのように」——ここでキューバとはっきり名指しされている——「民主主義に取り返しのつかない損傷を与え、今日我々が享受している自由に重大な危機をもたらすことだろう」

つまり代表の諸君、この討議用の報告書のなかで、キューバは政治的な観点から裁かれているのだ。したがってキューバも政治的および経済的観点から、その真実を語ることにしたい。……では、専門家の諸氏および代表の諸君、懸案の経済問題に移ることにしよう。第一項で扱われている問題は非常に膨大なものだ。これは聡明な専門家によって、ラテンアメリカの社会的・経済的発展のために立案されたものである。

ここで専門家諸氏の発言をいくつか取り上げて、技術的な見地から異議申し立てをしたいと思う。それに続き、発展計画に関するキューバ代表の見解を述べよう。

この報告書のなかでまず不可解に思ったのは、次の文章である。

「経済活動の水準が向上してその幅が広がれば、衛生状態も必然的に改善される、という見方もある。だが、本グループの見解は次の通りである。衛生状態の改善はそれ自体として望ましいだけでなく、経済成長のために欠かせない前提条件であって、地域開発計画においては最も重視されるべき部分である」

こうした考え方は、米州開発銀行が提供する借款の配分比率にも反映されている。我々の分析によれば、第一期借款の一億二〇〇〇万ドルのうち四〇〇〇万ドル、つまり三分の一が住宅や上下水道といった、この種の設備にあてられているのだ。

それは言うなれば、そう、ほとんど植民地状態と言ってもいいだろう。彼らは便所をつくることが根本的な問題であると考えているような印象を受けるのだ。それが哀れなインディオや黒人、人間以下の状態に甘んじて生きる人々の社会環境を改善する道である、と。「まず便所をつくってやろう。その後で、便所を清潔に保つことを教え込めば、彼らは生産の恩恵を受けることができるだろう」というわけだ。代表の諸君、ここで注目すべきは、専門家たちの分析から工業化の視点が抜け落ちているという点だ。彼ら専門家にとって、計画とは便所をつくることなのである。それ以外のことはどうなろうが知ったことではないのだ!

もし議長の許しが得られるなら、私はキューバ代表団の名において、この第一グループを率いるフェリペ・パソス博士［経済学者。キューバで反バティスタ派として活動し、革命後にキューバ国立銀行総裁に任命されるも、路線の違いから解任され米国に亡命］のような有能な専門家を我々が失ったことについて、深い遺憾の念を表したいと思う。博士の知性と業務能力、そして我々の革命活動をもってすれば、いま建設中の二五〇カ所の工場を一つもつくらなかったとしても、農地改革を断行しなかったとしても、キューバは二年以内に便所の天国となることだろう。

代表諸君、私はこう思うのだが、ここにいる各国代表は、ばかにされているのではないだろうか。ここで言う代表にキューバは含まれていない。なぜなら

「進歩のための同盟」はキューバのためのものではなく、キューバに反対するためのものであり、その設立もキューバにびた一文も与えるためのものではないからだ。

だから、キューバを除く代表の諸君、あなたたちは自分がばかにされているような気持ちがしないだろうか。

ハイウェイをつくるためにドルを与えられ、道路や下水道をつくるためにドルを与えられる。諸君、何を使って道路をつくり、何を使って下水道を掘り、何を使って家を建てるのか。天才でなくてもわかることだ。彼らはなぜ、設備や機械など、それをもって我々低開発国がただちに工業・農業国になれるようなものに金を出してくれないのだろうか。実に嘆かわしいことだ。

一〇ページの第六項の下の方を見てみよう。そこの開発計画のところに、誰がこの計画を立てたのかを示す証拠がある。第六項にはこうある。「海外からの財政援助を供与し、それを利用するためのより強固な基盤を整備すること。特に個々の事業を評価するための有効な基準を定めること」

キューバは財政援助を供与し、それを利用するためのより強固な基盤を整備するつもりはない。なぜなら、キューバは供与する側ではないからだ。ここに参加している諸君はみな、受け取る側であり、供与する側ではない。キューバはただ見ている側であり、供与する側はアメリカ合衆国である。だとすると、この第六項は合衆国によって直接起草されたものだということになる。これは合衆国による勧告であり、不首尾に終わった第一項の手口が意図しているものなのである。

ここで一つ、はっきり言っておきたいことがある。我々は政治についてかなり多くを語り、政治的陰謀を告発してきた。そして、代表諸君と議論するなかで、キューバがこうした見解を表明する権利について強調してきた。というのは、キューバは第五項で直接的な攻撃を受けているからだ。だが、にもかかわらず、キューバはいくつかの新聞——その多くは外国の情報機関の代弁者である——が主張するように、この会議を妨害するために参加したわけではない。

キューバは、原則的な立場から見て非難するに値することを非難するためにここに来た。しかしキューバはまた、もし可能なら、ねじれてしまったこの問題を正すために協力したいと思うし、問題を是正して計画をよりよいものにするために、キューバはすべての代表諸君と力を合わせる用意がある。

ダグラス・ディロン閣下は演説のなかで、融資に関して触れている。それは確かに重要だ。我々は開発について話し合うために集まっているのだから、融資についても話さねばならない。そして我々は融資できるだけの資本を手にした唯一の国と話し合うために、ここに集まったのである。

ディロン氏は言う。「合衆国およびヨーロッパや日本など海外の融資機関、すなわち民間と公的資金による新規投資の動向に着目して将来を予測するならば、ラテンアメリカが必要な国内的措置を整えたと仮定した場合、その努力によって、理屈の上では今後一〇年のあいだに少なくとも二〇〇億ドル程度の資本流入が期待できる。また、その投資の大半は公的資金によるものとなろう（ディロン氏によれば「もしこれらの措置をとればこうなる」のではなく、ただ「理屈の上では……期待できる」のだそうだ！）」

この二〇〇億ドルとは、現にある金だろうか？　いいや、承認されたのは五億ドルに過ぎない。これが彼の話の本当の中身だ。そこを強調するのは、これこそが問題の核心だからだ。これはいったい何を意味するのか。誓って言うが、この質問はキューバのためではない。万人の利益のためだ。「ラテンアメリカが必要な国内的措置を整えたと仮定した場合」とは何を意味するのだろうか。また、「理屈の上では……期待できる」とは何を意味するのか。

後に各委員会の活動のなかで、または合衆国代表が適当だと考える時期に、この部分をどう考えるべきか、もう少し詰めておくべきではないだろうか。というのも、二〇〇億ドルというのは興味深い数字だからだ。これは我が国の首相がアメリカ大陸諸国の開発に必要だと述べた額のほぼ三分の二にあたる。もう一押しすれば三〇〇億ドルになりそうだ（笑）。しかし、その三〇〇億ドルのキャッシュがアメリカ大陸諸国の国庫にチャリンチャリンと音を立てて入ってくるようにしなくてはならない。おそらくこの哀れなシンデレラ（キューバ）のふところにはびた一文入ってこないのであるが（笑）。

この点こそが、我々がラテンアメリカの国々を援助できる部分だ。恐喝をたくらむ必要などない。というのも、先に見たように、「キューバは金の卵を産むガチョウだ。キューバがいるかぎり、合衆国は金を出し続けるだろう」と言われているからだ。もちろん、我々はそんなつもりでこの会議に参加したわけではない。

アメリカ大陸の各人民の発展

のために働き、原則と理想を守るために戦おうと思って来たのだ。

なぜなら、ほとんどの代表諸氏がこう言っているからだ。「もし『進歩のための同盟』が失敗したら、人民の運動の波を止める手立てはない」と。これは私自身の言葉で言い換えたものだが、確かに、もし「進歩のための同盟」が失敗したら、人民の運動の波を止める手立てはない。だが、それがラテンアメリカの二億人の生活水準を真に改善することにつながるのなら、我々はその成功を願うだろう。これは私の正直な気持ちだ。

我々はアメリカ大陸に真の社会革命が必要であると考え、その可能性を予測してきた。なぜなら、事態はまた異なった展開を見せており、人民は銃剣で押さえつけられようとしているからだ。そして人民が銃剣を取り上げて、それを振り回していた者たちに向けることができると気づいたとき、銃剣を振り回していた者たちは敗北するのである。だが、もし人民が望む道が、ディロン氏が言うような、返済期限五〇年の低利の長期借款による合理的で調和のとれた開発であるならば、我々も賛成できる。

代表諸君、我々がここで力を合わせるべきはただ一つ、その数字を確定させ、合衆国の議会で確実に承認させることだ。我々が相手にしているのは、大統領と議会のある体制だという事実を忘れてはならない。キューバのように、一人の代表が立ち上がり、政府の名で演説し、その行動に責任をとるという「独裁体制」とはわけが違うのである。ここで議論されたことは議会での批准を経なければならないのだ。代表の諸君は経験があるだろうが、ここで約束されながら、議会での承認を得られなかった例は幾度となくある。(拍手)……

代表諸君、ここでキューバ代表の正直な気持ちを言おう。**我々は条件が許すなら、ラテンアメリカの家族のなかにとどまりたいと願っている。我々はラテンアメリカとともに生きたいと願っている。**もし可能なら、ラテンアメリカ諸国がキューバと歩みを共にして成長する姿を見たいが、成長の速度が違ってもそれに反対はしない。我々が求めるのは、キューバの国境を侵されないという保証である。

だが、我々は合衆国が望んでいるように、キューバの事例を輸出することはやめないだろう。なぜならそれは国境というものにとらわれない、無形のものだからだ。我々が保証できるのは、革命を輸出しないということだ。我々はキューバから一丁のライフルも輸出することはないし、一つの武器も他のラテンアメリカ諸国に輸出することはないことを保証する。

我々が保証できないのは、キューバの考え方が他のラテンアメリカの国に根付かないようにすることだ。また、この会議で保証できるのは、もしただちに社会的対策が講じられなかった場合、キューバの事例がラテンアメリカ人民に根付くであろうことだ。そうすれば、フィデルが七月二六日に出した声明、人民の心に深く響き、それゆえに攻撃と見なされた、あの声明が、再び現実となるだろう。フィデルはこう言ったのだ。もしこれまでのような社会状況が続いたなら、「アンデス山脈はラテンアメリカのシエラ・マエストラになるであろう」と。

代表の諸君、**我々は「進歩のための同盟」、我々の進歩のための同盟、すべての人の進歩のための平和な同盟を呼びかける。**キューバが借款の分配から排除されることに我々は反対しないが、キューバが属しているラテンアメリカ人民の文化的・精神的生活からの排除には反対する。

我々が決して認められないのは、貿易する自由、世界の人民と交流する自由を制限されることだ。そして我々は外国からの侵略の試み――それが帝国主義勢力からのものであれ、キューバを一掃したいと願う者たちに賛同するラテンアメリカのある機関からのものであれ、それに対抗して全力で防衛するだろう。

最後に、議長ならびに代表諸君にお伝えしておきたいことがある。しばらくまえ、私が所属する我が国の革命軍参謀本部で会議が持たれた。議題はキューバに対する侵略についてである。侵略計画については我々も承知していたが、それがいつ、どこで行なわれるかはわからなかった。かなりの規模になると予想していたが、実際、大変に大がかりなものになろうとしていた。それはソ連のニキータ・フルシチョフ首相の、「ソ連のロケットは国境を超えて飛んでいける」という有名な警告よりも前の話だ。我々はソ連にそのような援助も頼んでいなかったし、ソ連にその用意があるということも知らなかった。したがって、我々は侵略が来ると考え、革命家として自分たちの最後の運命に向き合うために集まったのである。

もし合衆国がキューバを侵略すれば、大虐殺が行なわれるだけでなく、最後には我々は敗北し、自分たちが住むキューバから追い出されることになっただろう。そのとき参謀本部のメンバーがこう提案した。フィデル・カストロを山中の安全な場所に避難させて、メンバーの誰かひとりがハバナ防衛の任に就く、というものだ。そのとき、我らの首相であり指導者であるフィデルは、いつも通りの自らを奮い立たせるような口調でこう答えた。「合衆国のキューバ侵攻にあたりハバナを堂々と守り抜こうとするなら、ヤンキーどもの猛攻撃の前に男女を問わず、子どもも含めて何十万という死者が出ることだろう。そんなときに人民を率いる革命の指導者たるもの、山の隠れ家に避難してくださいなどと頼まれて従えるものか。自分の居場所は、愛すべき死者たちのいる場所しかない。そこで彼らとともに歴史的使命を果たすのだ」

その侵略は起こらなかった。だが、代表諸君、我々はいまもそのときの気持ちを保ち続けている。**それゆえ私はこう断言できるのだ。キューバにこの人民と、それを率いる指導者がいるかぎり、キューバ革命は不滅であると。**

代表諸君、以上で私の話を終える。

CHE GUEVARA SPEAKS 8

キューバとケネディ・プラン

CUBA AND KENNEDY PLAN

以下はゲバラがプンタ・デル・エステ会議を分析した文章からの抜粋である。原文は『ワールド・マルクシスト・レビュー』一九六二年二月号に掲載された。

革命を圧殺できなかったアメリカ合衆国は、キューバを孤立させる政策に打って出た。あとでゆっくり片付けてやろうというわけだ。一九六一年八月にウルグアイのプンタ・デル・エステで開かれた米州経済社会理事会は、この孤立政策を実演する場だった。この会議の目的は明らかに、以下のことを見せつけることにあった。「キューバのことは無視してよい、キューバはただ『モスクワの指令』を受けて、北アメリカがラテンアメリカに対して『気前よく』経済援助するのを妨害するために会議に参加しただけだ」……

会議は総会で幕を開け、その進行はこの種の会議とそう大きな違いはなかった。我々が見たところ、ラテンアメリカ問題の専門家の目を引くような演説をしたのは四人だけだった。

一つはボリビア代表の演説である。それは合衆国に従属するボリビアの状況が許す範囲内ではあったが、帝国主義体制を批判するものだった。彼はさらに多くの興味深い見解を披露するとともに、ボリビア政府は今後数年間に一人当たりの国民所得を年五パーセントずつ増加させることを目指すと表明した。

次はエクアドルの代表によるもので、その場にいる合衆国代表団を批判すると同時に、過去の合衆国のラテンアメリカ政策を手厳しく非難した。

注目すべき演説の三つめは、合衆国代表団団長のディロンのものだ。それは計画の告知とでもいうべきものだが、非常にあいまいで中身のないものだった。彼の発言はこうだ。

「合衆国およびヨーロッパや日本など海外の融資機関、すなわち民間と公的資金による新規投資の動向に着目して将来を予測するならば、ラテンアメリカが必要な国内的措置を整えたと仮定した場合、その努力によって、理屈の上では今後一〇年のあいだに少なくとも二〇〇億ドル程度の資本流入が期待できる。また、その投資の大半は公的資金によるものとなろう」

見ての通り、ここには「ラテンアメリカが必要な国内的措置を整えたと仮定した場合」という条件が付けられているが、その条件の中身がはっきりしないので、ヤンキーがどうにでも解釈できるようになっている。

さらに彼は農地改革（といっても合衆国式のものだが）についても言及し、コーヒーやスズなど生産物の輸入協定を締結する可能性を探るとの意向を表明した。それ以外は内容のないおしゃべりに過ぎない。

ディロンの演説は、合衆国の新しい政策をそれなりに反映したものだと言える。その政策とは、ラテンアメリカ人民を搾取する体制を多少手直しして、封建的勢力から距離を置くとともに、寄生的ブルジョワジーとの関係を強化しようとするものだ。つまり彼らのねらいは、ラテンアメリカ諸国が独自の発展の道を放棄して自国の利益を完全に合衆国に譲り渡すという条件の下で、人民にわずかな譲歩をして内部の不満を緩和すると同時に、最も遅れた社会階層を切り捨てて民族ブルジョワジーの利益を確保することにある。この新しい政策傾向は、いわゆるケネディ・プランにも見いだせる。

大統領自らが大げさにも「進歩のための同盟」と名付けたこのプランを、合衆国は最新の政策として発表したが、その伝統的な帝国主義者の本質には何の変化も見られない。

とはいえ、この新しい傾向が合衆国のラテンアメリカ政策全般に貫かれているとも言えない。

なぜなら合衆国の独占企業は、昔ながらの搾取のやり方がいちばん頼りになると考えているからだ。方法を「刷新」したところでオオカミに羊の皮をかぶせるだけで、搾取することには変わりがない。そのことを彼らは百も承知だ。だから気乗りしないのである。

この点は重要だ。というのも、米州経済社会理事会には従来のこの手の会議よりも大きな期待が寄せられており、合衆国の新政策から生まれた、何か新しいものがあるかのように思われる恐れがあるからだ。

キューバ代表団は会議の場で、議題のうち重要な四点について分析を加えたのち、米州経済社会理事会の性格をどう見るべきかについて、我々の考えを詳しく説明した。つまり同理事会の目的は、キューバを孤立させるという政治的なものだという点である。続けて合衆国の機密文書を二つ読み上げた。それは友人たちを通じて入手したもので、いまや世界に知られるところとなった。そのうちの一つは内部用につくられた実務的な文書だ。そこには帝国主義軍隊の計画と、ラテンアメリカの各国政府と「土人たち《ママ》」を侮蔑する言葉が綴られていた。

もう一つの文書は、プラヤ・ヒロン（ピッグス湾）侵攻作戦敗北後の、南アメリカの状況に関する国務省の公式な分析である。帝国主義者でもたまには正しい機密文書が書けるのかと思わせるほど客観的で、事件のその後の経過を理解するのに役立つ基本的事実がいくつか挙げられている。その国務省の公式文書には、キューバは侵略者にはなりえないと書かれている。また恥知らずにも、キューバの軍備は外国からの侵略に備えた純粋に防衛的なものであり、その存在は他国に対する脅威にはならないことも認めている。**彼らにとって危険なのはキューバ革命の実例であり、体制の優越性を実証するカストロの能力なのだ。**……

この文書は、帝国主義者の策動を詳細に暴露している。当面の戦術的目標はキューバの完全な孤立化だ。なぜなら、キューバ革命の事例が帝国主義者にとって困った事態を引き起こすからだ。そして、その目標の実現を邪魔しているのがブラジルとメキシコである。……

以上のような流れで総会が終わると、各委員会での退屈で非生産的な議論が始まった。……

委員会でキューバ代表は抜本的な提案を行なったが、それは合衆国の立場に揺さぶりをかけると同時に、他の代表たちのあいだに不穏な空気を醸し出した。キューバに対する彼らの恐怖心は徹底したものだった。たとえば、代表たちは、そしらぬ顔で我々の提案をよく流用したが、決してキューバの名を挙げようとしないのだ。続けて他の国が、その大本の提案者がキューバだということを忘れて、どこぞの国の代表の意見をとりあげるという調子だった。これはこれで、自然と目的を果たすことになった。なぜなら、キューバが直接提案したものでないかぎり、その提案は全面的に、あるいは部分的に受け入れられたからである。……

各委員会でキューバは徹底的に戦ったが、奇妙なことに、その多くは思想的な問題をめぐるものではなかった。我々が戦わざるを得なかったのは、議事進行の手続き、手続きの勝手な解釈、決議案にある文言を入れることを「忘れる」傾向、などに対してである。また、キューバ代表団を委員会に出席させるために戦い、その委員会がキューバ代表団に出席を求めることを忘れないように戦わなくてはならなかった。そういうわけで、我々は他の参加者と議論もしていないのに――彼らはただ話を聞いて、票決するだけだった――のべつまくなしに声を上げていなくてはならなかったのだ。……

最後の総会で、キューバ代表団はすべての議題について棄権し、その理由を説明するために発言を求めた。我々は、キューバがこれらの議題に示された「金融政策」や自由な企業活動の原則に署名することはできない旨を表明し、最終決議案に我々が直面している災いの元凶である帝国主義の独占企業に対する批判もなければ、我々に対する侵略への非難の言葉もないことを指摘した。そのうえ決議案は、キューバが「進歩のための同盟」に加盟することが可能かどうかという我が代表団の質問に何も答えていなかった。我々はその沈黙を、質問に対する否定的回答として受け取った。それゆえにキューバ代表団は、我が人民に何も利益をもたらさない同盟には参加できないことを表明したのである。……

この会議の結果を、キューバはどう評価するのか。また、ラテンアメリカはそこに何を期待できるのだろうか。キューバにとってまったく意味がなかったとは思わない。だが、ラテンアメリカの人民にとって大きな勝利だったとも言えない。

帝国主義側は、キューバが米州機構の枠内で他のラテンアメリカ諸国と平和共存したり意見交換したりすることを拒否すべきだという考えを押し付けようとしたが、それに失敗した。そのかぎりにおいて、彼らは敗北した。我が代表団が読み上げた秘密文書を分析すれば明らかなことだが、帝国主義がブラジルを説得してキューバとの関係を見直させることは難しい状況だ［一九六一年八月、ブラジルのクアドロス大統領はゲバラに南十字星勲章を授与した］。

一方、会議の場で不服従の態度をあらわにする国も出てきたが、それでも合衆国は、最後の宣言でラテンアメリカ諸国に大きなプレゼントを与えたかのように印象づける手口で、主導権を握り続けることができた。ところがこのプレゼントには、その価値を台なしにしてしまうような、さまざまな留保条件が付けられている。つまり、合衆国は正式に何の約束もしていないのに、むこう一〇年間に二〇〇億ドルを供与するかのように見せかけているのである。たしかに合衆国は、これまでラテンアメリカにおいて——少なくとも政府レベルでは——それなりの地位を保ってきた。しかし、**人民は次第に政治意識に目覚め、帝国主**

義を打倒する必要性を悟りつつあるのだ。

だが、結局キューバの提案はほとんどの投票で二〇対一で否決された。

この会議から、ラテンアメリカの将来についてどのような結論が引き出せるだろうか。我々に言えることは、万が一この二〇〇億ドルの約束が守られたとしても、「進歩のための同盟」はこの金を多くの帝国主義企業への融資につぎ込むだろうということだ。そうなれば帝国主義企業は、外国企業として直接乗り込むか合弁企業をつくるかして、ラテンアメリカ各地で活動を繰り広げ、莫大な利益を上げ続けることだろう。

最もありそうなことは、合衆国が主な買い手である原材料価格の下落だ。ラテンアメリカの原材料（コーヒー、綿花、スズなど）は世界市場で供給が需要を上回っていることから、そう予測して間違いなかろう。さらに新しい産地（たとえばアフリカのコーヒー農園）が市場に参入する傾向もある。

合衆国の独占企業が利益を上げることでドルは海外に流出し、さらに原材料価格の切り下げによりドルが入ってこなくなる。その結果、多くのラテンアメリカ諸国の収支は、多かれ少なかれ悪化することになろう。何よりも、それは投資額と国外に持ちだされる利益とのあいだのひずみを拡大させることだろう。

これにより経済発展は阻害される。年々、失業率が高まり、市場での競争が激化していくだろう。この競争は、特に恐慌時には破壊的なものとなるに違いない。

今後、どこかの国が経済危機に陥って国際金融機関に援助を求めた場合、常に国際通貨基金（IMF）が介入して「賢明で思慮深い」勧告を与えることだろう。そうなれば、国の経済はいっそう厳しい支配下に置かれる。国内の金融市場は縮小し、経済は独占企業の利益に従属するのだ。これは遅かれ早かれ、ラテンアメリカのすべての国に起こりうることだ。

代替案は一つしかない。国を破滅から救うためには、民族ブルジョワジーがその貿易政策を根本から変えることだ。しかしそのためには、同時に外交政策を刷新する必要も出てくる。さらに当座の社会状況を改善するため、民族資本は少なくとも当面は、できるかぎりの発展を目指さねばならない。

これが実行されたとしても、さらにもう一つ、考慮に入れるべき要素がある。その要素は米州経済社会理事会後のブラジルで大きな注目を浴びることになった［クアドロス大統領の政策に軍が反発し、それが大統領辞任のきっかけとなった］。つまり、ラテンアメリカ各国の軍隊である。

軍隊は旧来の封建的寡頭制や買弁資本家の道具として、新興の民族ブルジョワジーを速やかに制圧する仕事に積極的に関わっている。そのために民族ブルジョワジーは、権力に参入して自分たちの政策を追求する機会を阻まれているのだ。軍司令部は多くのラテンアメリカ諸国で反動勢力の中枢や合衆国独占企業の利害に深く結びつき、わずかでも独立を目指す動きがあれば敵意をむき出しにする。

したがって、一つ明らかなことはこうだ。外交や貿易面で民族ブルジョワジーが進歩的な政策を実行するためには、国内政治を自由化し、多少なりとも人民の生活水準を引き上げることが必要だ。だが、それだけでは足りない。少なくとも軍を中立化しなくてはならない。

半植民地の政府にとって、他にどんな道があるだろうか。手短に言えば、IMFの命令に従ってひたすら経済を引き締める。その結果、金融市場を縮小させ、失業を増大させ、国を不景気と景気後退に追い込み……ついには人民の怒りに直面するのである。

ここに二つの可能性を挙げることができる。一つは合衆国に従属しつつもブルジョワ的社会制度に依存した国家への道である。政権を継承者に委譲させるため、自由選挙を実施するとしよう。当然、候補者は選挙活動でジャニオ・クアドロス〔一九六〇年、ブラジルの大統領に当選し、行政改革、インフレ抑制、東欧諸国との国交樹立などの政策を打ち出した〕が行なったように遊説をし、公約を実行に移そうとするだろう。

だが、そこで何が起こるだろうか。再び我々はジレンマに陥る。暴君の軍隊を抑えないかぎり、ラテンアメリカで独立政策を実行するのは不可能だ。だが、軍を変えるには、残念ながらキューバでそうだったように、戦う必要がある。彼らは武器を持っているからだ。軍隊が代表しているのは、歴史的に消え去る運命にある階級ではあるが、しかし彼らが戦わずして自らの特権を手放すことはない。

もう一つの可能性としては、新しい軍事独裁政権が樹立されるか、あるいは従来の独裁政権が人民の願いを無視して強化され、人間の人間に対する搾取の度を強め、外国企業による民族ブルジョワジーと下層階級に対する略奪を激化させる道だ。そして抑圧は行き着くところまで続く。

このような体制下に置かれたラテンアメリカ各国の労働者階級は、日に日に圧制からの解放への欲求を募らせていく。彼らはキューバの事例や、もっと遠くの、より称賛に値する社会主義国家の偉大な事例、特に人間の解放に向けて最初の一歩を踏み出したソ連の例に目を向けることだろう。そして**静かに怒りを募らせた労働者階級は前進を続け、あるとき、どこかで爆発し、アメリカ大陸は新たな革命の炎に包まれるだろう。**この人類全体を揺るがす歴史的瞬間を迎える運命的な日が、いまラテンアメリカ全土に早足で近づきつつある。

CADRES FOR THE NEW PARTY

新しい党のカードル

「カードル」という言葉はもともとフランス語で骨組みを意味するが、多くの国では特に軍事用語として、十分な数の新兵を配置しさえすれば完全な部隊として機能する連隊の下士官で構成される指揮要員を指す。また世界各地の革命運動で政治用語としても使われるようになった。

二〇世紀に起こった従来の革命とは異なり、キューバ革命は権力を握ったあとで党を建設しなければならなかった。ここでゲバラはカードル、すなわち党の新たなメンバーとして教育と訓練を受け、積極的で責任感にあふれ、党の安定的な存続に役立つような中核的党員をどう選抜するかという問題を論じている。以下は、『クーバ・ソシアリスタ』（一九六二年九月号）に掲載された「革命の柱としてのカードル」というゲバラの論文からの抜粋である。

キューバ革命は、自然発生的な蜂起を伴い、民族解放革命から社会主義革命への移行という独特な道筋をたどったが、ここでその性格について長々と語る必要はないだろう。モンカダ兵営襲撃という最初の英雄的闘争、そこに加わった者たちによって率いられたグランマ号による上陸作戦、さらには革命の社会主義的性格の宣言という、その目まぐるしい足取りについても、多くの説明を要しないであろう。新たな支持者、カードル、さまざまな運動体が、革命当初の貧弱だった組織に加わり、やがてそれがいまの革命を特徴づける人民の激流をかたちづくっていった。キューバで新たな社会階級が権力を掌握することが決定的になったとき、この国が置かれている社会条件ゆえに、国家権力の行使に大きな制約があることが明らかとなった。国家機関、政治組織、そして経済部門全般において、膨大な職務を遂行するためのカードルが不足していたのである。

権力掌握の直後、官僚ポストは互選で決められた。それで大きな問題はなかった。古い権力組織がまだそのまま残っていたからだ。国家機関は古臭く、半ば死んだかのようにのろのろと動いていた。しかし、そこにはまだ組織があった。その内部で働いている者たちは、経済構造の変化の前触れとして勃発した政治的変化を侮っていたが、それでも惰性で組織を維持するだけの調整機能を備えていた。

七月二六日運動は左右両派の内部闘争によって深く傷を負っており、建設の課題に専念できなかった。また、人民社会党［元のキューバ共産党で、一九四四年に党名を人民社会党に変更。一九五二年に非合法化された］は長らく非合法化され、厳しい弾圧にさらされていたため、新しい任務を遂行する中堅カードルを育てられなかった。

初めて国家が経済に介入したころは、カードルを探すのはさほど難しくなかった。指導的責務をこなすのに最小限の能力を持った者は多く、そこから適任者を選ぶことができた。ところが、アメリカ企業の国有化に始まり、キューバの大企業の国有化が加速度的に進むなかで、行政専門家が底を突いてしまった。その一方で、ラテンアメリカの他の国々や合衆国本国の帝国主義的企業が提供する、もっと条件のよい仕事に引かれて国外に流出する者が増えたため、生産技術者が緊急に必要となった。こうした組織的課題に取り組むなかで、政治機関は学習への熱意を持って革命に加わった大衆に思想教育を施すために、多大な努力を払わなければならなかった。

我々はそれぞれ各自の役割を可能なかぎり果たしたが、そこにはさまざまな問題や困難が伴っていた。執行部の行政部門は多くの過ちを犯したし、重要な責任を担う新しい企業の管理者も大きな失敗をした。我々政治機関にも手痛い誤算があった。政治機関は時間とともに大衆から遊離して、快適で安穏な官僚制へと堕落し、立身出世や何らかの官僚ポストを手に入れるための足掛かりのように見なされるようになった。

こうした過ちの大きな原因は、いつのまにか我々が現実感覚を失ったことにある。我々の目を曇らせ、党組織を官僚化させ、行政と生産部門を危機に追いやった構造的要因は、熟練した中堅カードルが不足していたからだ。そこで明らかになったのは、カードルを育成することと、大衆のなかに入り込む政策とは同義であるという点だ。革命の初期には緊密だった大衆との接点を再び取り戻すこと——それが我々の合言葉となった。

大衆の鼓動を指導部に伝え、政治的指導を大衆に伝えるという、その双方向に最も効果的な仕組みをつくる必要がある。

それまでこうした政治的指導は、フィデル・カストロ首相や他の革命指導者の個人的な尽力で支えられてきたものだ。

では、ここで、カードルとは何かについて考えてみよう。カードルとは、政権中枢が発した全体的な方針をかみ砕いて自分のものとし、それを具体的な指針として大衆に伝える能力を身につけた、政治的に成熟した人間でなくてはならない。同時に、大衆が発する兆候を読み取って、彼らの欲求やその奥に裏に秘められた動機を理解できるような人間であるべきだ。

カードルはイデオロギー的にも行政的にもよく訓練されており、民主集中制を理解して実践し、現在の政治体系のなかにある矛盾を見極めるとともに、それをうまく解決する方法を知っている。生産現場においては、カードルは集団討議の原則に基づいて決定を下し、それに責任を持つことができる。また、忠誠心にあふれ、思想的な成長とともにその身体的・道徳的勇気を養い、いつ、いかなる闘争にも参加して革命のために命を投げ出す用意がある。加えて、自ら判断能力を持って、規律を乱すことなく必要な決定を下し、創造的な指導性を発揮することができる。

このようにカードルとは、創造性にすぐれ、高い指導力を持ち、政治的な専門性を身につけている。そして弁証法的な思考を通じて、生産部門の担当者として発展に貢献したり、あるいは政治指導者として大衆を育成したりする能力を備えている。

しかし、こうした達成困難に思われる美徳を体現した模範的人材がいるのだろうか。ところが、キューバ人民のなかにはそうした人材が存在するのだ。そして、毎日のように出くわすのである。大事なことは、あらゆる機会をとらえて、その人材を最大限に教育し、成長させ、各人の能力を一〇〇パーセント引き出して、国家のために存分に貢献させることだ。

カードルは日常の課題を遂行していくことで成長していく。しかし、その課題は特別な学校で体系的に実行される必要がある。そこでは生徒の模範となる有能な教師によって、迅速なイデオロギー的成長が促されることになる。

社会主義の建設を目指す体制においては、カードルは高度な政治的発達を遂げていなければならない。しかし政治的発達と言っても、それはマルクス主義理論の知識のことだけを指すのではない。個人の行動に対する責任、一時の気の迷いを抑えるとともに高度な自発性を損なわない規律、革命のあらゆる問題への不断の没入が要求されるのである。カードル育成にあたっては、何よりも大衆から選抜する原則を確立しなければならない。大衆のなかから、試練をくぐり抜け、意欲に燃える、将来性のある人材を見つけ出して、彼らを特別な学校に送り込む。そのような学校がないなら、大きな責任を与えて実践のなかで経験を積ませるのだ。

このようにして、我々はこの数年で成長を遂げた新しいカードルを数多く発見してきた。しかし、彼らの成長は均一なものではない。若い同志たちは、党の適切な指導を受ける機会もないまま、革命の創造という現実に立ち向かわねばならなかったからだ。その結果、一人前に成長した者もいるが、中途で落後したり、官僚主義の迷路や権力の誘惑に負けて道を踏み外したりする者も出てきた。

革命の勝利を確かなものとし、さらに全面的に強化するために、さまざまなタイプのカードルを育成すべきだ。

まず、大衆組織を支え、社会主義革命統一党〔七月二六日運動と人民社会党などが合併して一九六一年に結成。一九六五年にキューバ共産党に改名〕の活動を通して大衆を指導する政治的カードルが必要だ（その基礎は、既に国立・州立の革命学校、さまざまなレベルの学習と学習グループを通して確立されつつある）。軍事的カードルも必要だ。それには若い戦闘員のなかから戦争を経験した者を充てることができる。深い理論的知識はなくとも、戦火に鍛えられた者たちがまだ多く生き残っているからだ。彼らは闘争が最も困難だったときの試練に耐え、シエラ・マエストラにおける初期のゲリラ戦以来、革命体制の誕生と発展に深く関わってきた。それゆえ、政権への忠誠心は証明済みだ。さらに計画経済という困難な課題や、生まれたばかりの社会主義国家の組織化という課題に専門的に取り組む経済カードルも育成しなくてはならない。

科学の急速な発展を保証するためには、イデオロギー的熱意というエネルギーを吹き込んでやる必要がある。そのためには専門家と協力して、青年たちにより重要な技術職への道を歩むよう促すべきだ。そして、他の分野の専門的な技術を活用する方法を熟知している管理チームの創設も不可欠だ。管理チームは企業その他の国家的組織を指導して、力強い革命のリズムを与えることだろう。

これらカードルの共通項は、明快な政治観念にある。彼らは革命を自明の原理として漫然と支持するのではなく、考え抜いた上で支持を与えている。そうするには自己犠牲の精神と弁証法的な分析能力が必要だ。だから彼らは、あらゆるレベルで革命の理論と実践を豊かにすることに貢献し続けることができるのだ。大衆のなかから選抜されたこれらの同志たちには、最良の者が先頭に立ち最大の発達機会を与えられるという原則が適用されるべきである。

以上で見たように、どの戦線にあってもカードルの基本的機能には違いはない。カードルは革命統一党というイデオロギー的モーターの主要部品であり、そのモーターの駆動輪のようなものだ。カードルは、部品の一部としてモーターの正しい働きを保証する歯車であるとともに、スローガンや要求を上下に伝達する送信機、さらには大衆と指導者の間に立って大衆の成長を促し、指導者への情報伝達を促進する、動的な役割を担っている。革命の偉大な精神が消えうせたり、眠り込んだり、リズムが鈍らないように警告を与えることも、カードルの重要な使命の一つである。その役割は、細心の注意を要する。彼は大衆からの声を党に伝えるとともに、党の方針を大衆に注入する。

したがって、カードルの育成は待ったなしの課題である。革命政府はこれまで、熱意をもってカードルの育成に努めてきた。選抜の原則に基づいた奨学金制度、さまざまな技術的成長の機会を提供する労働者学習プログラムをもうけ、新しい職業への道を開く専門技術学校や中等学校、大学が開設されている。要するに、これまでカードルの育成は学習と労働、そして国家的スローガンである革命的警戒心を伴って、原則的に青年共産同盟を基盤として行なわれてきた。将来、青年共産同盟からはあらゆるタイプのカードル、革命を指導するカードルまでもが生まれるはずだ。

カードルの概念と密接に結びついているのが、犠牲的精神および革命の真実とスローガンを体現する能力である。カードルは政治的指導者として、行動によって労働者の敬意を獲得すべきだ。同志からの敬意と愛着はカードルの不可欠な条件である。なぜなら、彼らは前衛として彼らを導く立場にあるからだ。

それゆえ、模範的労働者を選ぶ集会で大衆によって選ばれた者ほどカードルにふさわしい人材はいない。彼らはあらゆる選抜試験に合格した統一革命組織（ＯＲＩ）の古参メンバーとともに社会主義革命統一党に入党することになる。彼らが建設する党は、最初は規模は小さいが労働者のあいだで大きな影響力を持つ。やがて、社会主義的な意識が促進され、労働と人民の大義への全面的な献身が必須のものとなるにつれ、党は成長していく。このような中堅指導者がいれば、困難な課題を遂行する際に直面する過ちは減っていくに違いない。

混乱と試行錯誤ののちに、我々は決して放棄されることのない正しい方針に到達した。労働者階級は、その尽きることのない泉で社会主義革命統一党の隊列を補給する。

その日々新たになる勢いと党の指導力をもって、革命の活力ある発展の礎となるカードルを育成する課題に、我々は全力で着手するのだ。そして、この努力を成功に結びつけなければならない。

メーデーの演説

ハバナでは、メーデーの祝典はその前夜に始まる。そして、そこでのゲバラの演説は間もなく恒例行事となった。以下は、一九六三年四月三〇日にガルシア・ロルカ劇場で行なわれた演説からの抜粋である。この集会は一九六二年度に傑出した功績をあげたキューバの労働者と技術者を称えるためのもので、キューバ労働総同盟革命派（CTC―R）とゲバラ率いる工業省によって共催された。

同志たちよ

我々は国際的な労働者の祭典の前夜に再び集った。我が国の生産と社会主義建設の崇高な大義への寄与に努め、工業省の各企業で前衛的労働者として功績をあげた同志を称えるためだ。

我々は昨年の一年間、各企業の労働者のなかでも毎月労働ですぐれた献身をした同志たちと、定期的に話し合いをもってきた。

我々は繰り返し述べてきた。前衛的労働者の場合、過剰な謙遜は美徳ではなく欠点だと。前衛的労働者は模範を示し、それを生き生きと、鮮明なかたちで人々に伝え、広く普及しなければならない。彼はその熱意を他の同志たちに伝染させ、個人的な努力を全労働者の大規模で統一された集団的な努力に変えるよう尽力すべきだ。また、前衛的工場の努力を国中の全工場、全生産拠点の大規模で集団的な努力に変えることに貢献すべきだ。同時に、労働効率の向上と、人民の意識の向上にも努めなければならない。社会主義建設に必要な物質的豊かさを獲得し、この国の息子たちや娘たちに不屈で強靱な意識を植え付けるためにだ。それらは苦難の時期の国家防衛に不可欠なものでもある。

年間を通して、この二つの課題は完璧に達成された。

欠陥がなかったわけではない。また、深刻な過ちがなかったわけではない。失敗やつまずきもあったし、正しい道を探すために後戻りせざるを得ないこともあった。

だが、抑えがたい熱意と一九六二年の課題への完全な献身によって、我々はより強固な社会基盤をつくることができた。昨年の一〇月と一一月には、ヤンキー侵略者による核の脅威

（キューバ危機）の前で全人民が立ち上がった。その応答は、必ずや歴史に刻まれるであろうし、それによって我々は全世界の革命意識の発展にも寄与したのである。

これは、最大の危機、つまり核による破壊という世界史でも他国に類を見ない脅威に対してでさえ、革命の途上にある人民が立ち向かえることを証明したものだ。そして革命意識と勝利への決意を持ち、社会主義陣営と全世界の自由な人間が果敢に連帯するならば、地球上で最も侵略的で強大な帝国主義国家の門前にある小国の人民でも、勝利して主権を維持し、さらには——これが最も大切なことだが——自らの社会建設を続けることが可能だということを見せつけたのである。

同志たちよ、生産戦線における我々の中心課題は、いかなる危機を前にしても、いかなる困難に直面しても、それを克服して、たゆみなく建設を続けることだ。事実、我々はこの課題を実行することで、発展と改善を続けている。

一年一年、我々は少なくとも前進している。自身の過ちや人民の経験から学ぶことで、将来この国に強力な自律的・自立的産業をおこすため

の基盤を築きつつある。

それを支えるのは、肥沃な土地、良好な気候、比較的低い人口密度という特徴に恵まれた豊かな農業資源だ。

知っての通り、キューバの人民の多くが文字の読み書きができなかった。この問題との戦いは、他のいかなる戦いにも劣らず英雄的なものであった。そして誰もがその戦いを目の当たりにし、なんらかのかたちでそれに参加した。つまり、我々は文化の欠如——ここでは非識字問題——と戦ったのである。

非識字問題は人民が文化から疎外されていることを示す典型例だが、読み書きを習得しても、それは文化への第一歩を踏み出したに過ぎず、それだけではまだ文化に対していかなる貢献もできない。

近代技術は急速に発達しつつあり、この国で技術者としての資格を得るためには、やがて二言語以上を使える能力が必要な時代になるだろう。技術書、つまり技術的な仕様書や説明書がどこの言語で書かれていても読めるようにするには、二言語以上の知識が必要となる。資本家たちも技術分野で優れたものを多く生み出しているため、その知識を利用する方法を身につける必要があるからだ。

であるならば、技能の向上は政府とすべての人民にとって、ないがしろにできない主要な課題となる。**男性も女性も、労働を終えて疲れていようが、必ず学習するよう努めるべきだ。一日に一時間であっても三〇分であっても。こうして知識を蓄えていく必要がある。**

数週間、数カ月たってもあまり進歩が見えないとしても、気にすることはない。学習は何年にもわたる課題であり、決して終わりというものはないからだ。初学者や、ほとんど読み書きのできない年配の労働者にとっては、かなり難しい課題でもある。しかし、新しい知識を獲得するにつれて、文化は革命的責務やそれを果たすための苦痛な作業ではなくなり、むしろ人間として必要なものとなろう。そうなれば学習の課題を継続することは苦行ではなくなるに違いない。

この取り組みのために甚大な努力が払われ、膨大な社会資源が使われてきた。これからもそれは変わらないだろう。我々は、文化と公衆衛生はいくら費やしても十分ということのない、人民のための事業だと信じているからだ。支出すればするほど、人民の生活状況は向上する。だから我々は、この分野にできるだけ多くの支出を続けるのだ。

だが忘れないでほしい。さまざまなレベルの労働者学生の教育にあたる教師たちは、生産に参加できずにいる。だから教育に必要な国家支出に報いるには、二倍の努力で社会に貢献しなくてはならないということを。

もう一つ、ここで火急の問題を取り上げよう。新しい賃金体系と労働ノルマのことだ。この二つの問題は密接に関連しており、我々は一年以上にわたってそのことを議論してきた。

昨年のメーデー前夜、まさにこの劇場で、この課題を解決し終えていなかったことを謝罪したことを、私は覚えている。今日もある意味で、再び謝罪しなければならない。だが賃金体系と労働ノルマを編成する課題ははるかに前進した。来月中旬には、工業省だけでなく経済の全分野にわたるさまざまな企業で実験が開始される予定だ。

我々は技能水準に応じた全国単一の賃金体系を実施し、より公正な報酬を実現できるようになるだろう。しかし、まだ誤解があるようなので、ここで強調しておきたい。ノルマが割り当てられた新しい賃金体系は、必ずしも賃上げを意味するわけではないということだ。それはまったく違う。

すでに説明したように、この体系が初めて導入された分野、つまり一部の鉱山のような鉱業部門では、労働ノルマと賃金体系の実施によって、そこで働く同志たちの賃金は大きく上昇した。だが、それは比較的賃金が低かったためだ。だが、あらゆる分野で同じことが起きるわけではない。

現在、適正な水準の支払いを受けている労働者もいれば、その水準以上の賃金を受け取っている労働者もいる。

そこで、我々は次のことも明らかにしてきた。新たに定められる平均賃金よりも高い賃金を受け取っているすべての労働者は、これまでと同額の賃金を受け取れる。そして、それは二つの部分にわけられる。すなわち、実際の労働に応じた部分と、現在の賃金を反映して付加される部分だ。これは、無秩序な生産関係のなかで資本主義経済が発達するあいだに、長年に渡っていまと違う状況下で比較的高い賃金を勝ち取ってきた同志たちの家計を混乱させないための措置である。

しかし、生産分野で新たに働くことになる者たちに対しては、新しい賃金体系が適用される。そして、その賃金体系において賃金の上昇を決定する基準の一つは、労働者のランクである。つまり、一定の期間にわたり質と量の基準を満たしているのにもかかわらず、賃金水準の異なる新しいグループに属していないために自動的に昇給を受けられないでいる労働者は全員、自分のランクを高めて比較的高所得のグループに入ることで賃上げを受ける機会があるということだ。

こうして、個々人のランクは各人の賃金を検討する際に、常に考慮されることになる。

これについては労働大臣からあらためて説明があるだろう。また、これは国の経済全体に関わる非常に複雑な課題であるため、事前の討議や順をおった説明があると思う。だが、新しい賃金体系は必ずしも賃上げを意味しないということは確認しておきたい。

新しい賃金体系によって、甚だしい低賃金を是正するために賃金が上昇することもあれば、新しい調査に基づいて採用された基準に合わせて、賃金が変わらないこともある。さらに、同志たちの中には、賃金が同じで基本的な金額は変わらなくても、分割されたかたちで賃金を受け取る者も出てくるだろう。

これはただ、その労働者が受け取る賃金の一部分は、いわば歴史的経緯から彼に属しており、それは彼個人の賃金であるということを明確にするための措置である。この労働者がいまの仕事から離れれば、彼がしていた仕事に適用される賃金は、それまで彼が受け取っていた実額ではなく、基準賃金、つまり決められた基本の給与に戻ることになる。……

同志たちよ、この幾分長くて単調な演説を終えるにあたって、ここにいるすべての者が背負っている責任について強調しておきたい。

今日我々がここに集まったのは、最良の労働者、つまり前衛的労働者を称えると同時に、世界中からここを訪れた労働者代表団も称えるためだ。……

我が国はアメリカ大陸の全人民が覗き込むことのできるショーケースであり、鏡である。だから我々は日々、成功を積み重ねると同時に、失敗を減らすよう努めなければならない。

しかし、**我々は、自分の欠陥を見えないように覆い**

隠そうとする習慣を復活させてはならない。そのような行為は、誠実とか革命的という言葉からほど遠いものだ。

他国の人民は我々の間違いからも学ぶ。現在、独立を求めて戦っているラテンアメリカやアジア・アフリカ諸国の同志たちは、我々の過ちからも学ぶのだ。だから、我々は過ちの一つたりとも、まだ解決に至らない旧習の一つたりとも、また

社会主義の段階に入ってから犯した過ちの一つたりとも隠してはならない。

我々はすべてをさらけ出すべきだ。それは義務である。そして、その義務は非常に高度なレベルのものだ。我々一人ひとりが、キューバ革命の現在と未来、さらには世界の人民に対して責任を負っているのだ。

この道は平坦ではない。それは危険と困難に満ちている。帝国主義は道のあらゆる曲がり角に潜んでおり、一瞬でも弱みを見つけたら攻撃を仕掛けようと待ち伏せしている。ラテンアメリカ各国の反動主義者たちは、我々が公に認めた過ちでさえ喜んで記事にしようと待ち構えている。

彼らは基本的に、キューバのように産業も技術もない小国が革命をしようとしても、失敗するに決まっているということを、ラテンアメリカと全世界に示そうとしているのだ。彼らは情報や策略を使って、さらには破壊分子や分裂主義者も利用して、我々の発展を抑え込もうとしている。だから、一瞬たりとも弱気に陥ってはならない。招待客の視察を受けているいまも。他のいかなるときであってもだ。我が国の状況を、ラテンアメリカの全人民が注目している。彼らは我々の姿に、新たな救いへの希望、鉄鎖から解き放たれる希望を見いだしているからだ。

同志たちよ、我々が歩んできた道を、彼らの前にありのままに示そうではないか！

我々はかつて、武装した独裁権力にほとんど素手で立ち向かい、敵から奪った武器で人民軍を組織し、戦場で敵と対決し、キューバの全人民の意識を変えて強力な前衛軍に変身させ、独裁体制を打倒することができた。そのことを示そうではないか！

我々は全人民が一つになって、戦いの叫び声、誰もが知るところの反抗の叫び声を上げること

ができたことを示そうではないか！

同志たちよ、それだけではなく、帝国主義の封鎖のなかで社会主義を建設するという、この長く、骨の折れる、恐るべき闘争において、我々は勝者になれることを示そうではないか！

あらゆる危険、恫喝と侵略、封鎖、破壊工作、分裂主義者、力ずくで我々の足を止めようとする者たちを前にして、我々は再び、自らの手で歴史を作る人民の力を見せつけてやらねばならない。

同志たちよ、我々は固い信念を持ち、団結しなければならない。明日は今日よりもさらに信念を固め、常に地に足をつけると同時に未来を見据え、一つひとつ建設を進め、一歩一歩踏みしめて前進しなければならない。我々が勝ち取ったもの、我々が建設したもの、我々が手にしたもの、そう、この社会主義を一瞬たりとも手放してはならない。

祖国か、さもなくば死か！

我々は勝利する！

GUERRILLA WARFARE

SPEAKS II CHE GUEVARA

方法としてのゲリラ戦

ゲバラの名は、理論においても、実践においても、ゲリラ戦と分かち難く結びついている。グランマ号での航海に先立つメキシコでの訓練で、彼は傑出した働きをした。また、シエラ・マエストラでは反乱軍で最高位の司令官（少佐）に昇進した。彼の最も有名な著作は『ゲリラ戦争』である。そして言うまでもなく、ボリビアでのゲリラ戦闘のさなかに彼は倒れた。以下は「方法としてのゲリラ戦」（『クーバ・ソシアリスタ』一九六三年九月号）の全文である。

歴史上、数多くのゲリラ戦があったが、その状況も目的もさまざまだ。近年では人民解放戦争においてしばしば用いられ、人民の前衛が非正規武装闘争の道を選んで、強大な軍事力を持つ敵に立ち向かっている。アジア、アフリカ、アメリカ大陸は、人民が封建的、新植民地的、植民地的搾取と戦って権力を奪取しようとするなかで、ゲリラ戦の舞台となってきた。ヨーロッパでは、連合軍や正規軍を補完するためにゲリラ戦が採用された。

ラテンアメリカにおいても、ゲリラ戦は何度も行なわれてきた。キューバに近いところでは、ニカラグアのセゴビア山地でアメリカ合衆国の遠征軍と戦ったアウグスト・セサル・サンディーノの例を挙げることができる。そして最近の事例ではキューバの革命戦争がある。以来、ラテンアメリカでは大陸の進歩的党派によってゲリラ戦の問題が理論的に議論されるようになり、その可能性と妥当性が激しい論争のテーマになっている。

本論は、ゲリラ戦とその正しい用い方に関する我々の見解を示そうとするものである。

最初に、**この形態の闘争は目的達成の一つの手段であるということを、はっきりとさせておこう。その目的とは、すべての革命家にとって不可欠な、政治権力の奪取である。**したがって、ラテンアメリカ各国の独自の状況を分析するにあたっては、その目的を達成するための一つの闘争方法という限定された意味でゲリラ戦をとらえるべきだ。

すると、即座にこのような疑問が浮かぶ。ゲリラ戦はラテンアメリカ全土において、権力を掌握する唯一の方式なのだろうか。あるいは、それは少なくとも戦いの手法としてより優越したものなのか。あるいは、それは単に数ある闘争形態の一つに過ぎないのか。極端に言えば、このような問いも可能だろう。キューバの事例は、ラテンアメリカ大陸の他の地域にも適用できるのだろうか、と。こうした論争で、ゲリラ戦を主張する者は大衆闘争を忘れているという非難を――あたかもこの二つが対立する方法であるかのように――受けることがよくある。だが、このような非難の前提そのものが否定されるべきだ。**ゲリラ戦は人民戦であり、大衆闘争でもある**からだ。だから住民の支持が得られないままゲリラ戦を行なったとしても、失敗は避けられない。ゲリラとは、ある特定の場所に配置され、権力掌握という唯一の戦略的な目的のために、武装して一連の軍事行動を行なう人民の戦う前衛である。そして彼らは活動の全領域で、労働者・農民大衆の支持を得る。この前提がないかぎり、いかなるゲリラ戦も不可能だ。

キューバ革命はラテンアメリカの革命運動に三つの基本的な貢献をしたと考えられる。それは第一に、人民の力で軍隊と戦って勝利できること。第二に、革命の条件が完全に整うのを待つ必要はないこと。反乱運動のなかで、そのような状況が整備されるからだ。第三に、発展途上のラテンアメリカにおいては、武装闘争の舞台は基本的に農村であるということだ（『ゲリラ戦争』）。

以上が、ラテンアメリカの革命闘争の発展にキューバ革命が貢献した点である。これらのことは、ゲリラ戦が展開される可能性のあるラテンアメリカ大陸のどの国についても言えることだ。『第二ハバナ宣言』は次のように指摘している。

我々ラテンアメリカ諸国には、産業の未発達と封建的な農業制度という二つの状況が同居している。それゆえ、都市労働者の生活状態がいかに厳しいものであっても、農村の住民はさらに恐ろしい抑圧と搾取の状況にある。わずかな例外を除き、こうした住民は絶対多数を占め、時にはラテンアメリカ人口の七〇パーセントを上回る。

多くが都市部に居住する地主は別にして、残りの大多数の大衆はひどい低賃金でプランテーションの日雇い労働者として生計を立てるか、まるで中世のような搾取の下で農作業に従事している。

このような状況ゆえに、ラテンアメリカでは農村の貧しい住民が巨大な潜在的革命勢力を構成している。

搾取階級の権力基盤である軍隊は従来型の戦争向けに編成され、軍備を整えている。それは搾取階級の権力を支える勢力であるが、その軍隊が農村地域で農民と非正規戦を行なう場合、彼らは完全に無力になってしまう。革命戦士を一人倒すために、一〇人の兵力を失うのだ。目に見えない無敵の相手を前に、軍の士気は急速に衰えていく。というのも、都市部の労働者や学生を武力で鎮圧する場合と違い、その見えない敵に対しては、軍は得意の士官学校仕込みの戦術や傲慢な振る舞いを発揮できないからだ。

最初は小規模な戦闘部隊からなる闘争に始まり、そこにたえず新しい勢力が加わってきて、闘いは成長する。大衆運動が起こり、古い秩序は徐々に粉砕されていく。そしてそのとき、労働者階級と都市の大衆が戦いを決するのだ。

敵が圧倒的な兵力、火力、資源を擁しているにもかかわらず、戦いの当初から革命部隊が無敵を誇る要因は何か。それは人民の支持であり、その支持は戦うにつれてますます厚くなっていく。

しかし農民階級は孤立し、無知の状態に置かれてきたため、労働者階級と革命的知識人による革命的・政治的指導を必要としている。それなくして、農民だけで闘争を開始して勝利することは不可能だ。

現代ラテンアメリカの歴史的条件の下では、民族ブルジョワジーは反封建・反帝国主義の闘争を率いることはできない。経験から言えるのは、ラテンアメリカ諸国におけるこの階級は、その利害がヤンキー帝国主義と衝突する場合でも、社会革命の恐怖に足がすくみ、搾取される大衆の叫びに恐れおののくばかりで、帝国主義との対決を回避したということだ。

以上はラテンアメリカにおける革命的宣言の中核をなす部分だが、『第二ハバナ宣言』は別の箇所でそれを補って次のように述べている。

各国の主観的条件、つまり人間の意識や組織、指導層といった要因は、その発展段階に応じて、革命を加速もし、遅らせもする。しかし早晩、歴史の各段階における客観的条件が熟するにつれて、意識は獲得され、組織は形成され、指導層が出現して、革命が生まれる。

これが平和的に行なわれるか、陣痛の末にもたらされるかは、革命家が決めることではない。それはむしろ、旧社会の反動勢力の動きにかかっている。新しい社会は、古い社会自体がはらむ矛盾から生まれるが、彼らはその出現に抵抗する。歴史において革命とは、新しい生命の出産を助ける医師のようなものだ。つまり革命とは、出産における鉗子のようなものだ。必要がないかぎり使われることはないが、出産を促すために必要であれば躊躇なく使うべきなのである。奴隷化され搾取される大衆にとって、革命の陣痛はよりよい暮らしへの希望をもたらすものだ。

今日、ラテンアメリカの多くの国で、革命は避けられない状況だ。これは誰が決めたものでもない。それを決めるのは、ラテンアメリカの人々が置かれている恐るべき搾取状況だ。大衆の革命意識の発展、帝国主義の世界的危機、世界中の従属させられた諸民族の広範な闘争によって決定づけられることなのである。

以上のことをもとに、ラテンアメリカにおけるゲリラ戦の全般的問題を分析していこう。

ゲリラ戦は目的を達成するための一つの闘争手段であるということを、我々は明らかにした。我々の第一の関心は、その目的を分析し、ここラテンアメリカにおいて武装闘争以外の方法で権力の奪取が可能かどうかを検討することにある。

平和的闘争は大衆運動を通して行なわれ、特殊な危機的状況にあっては政府を屈服させることができる。その結果、人民勢力が最終的に権力を握り、プロレタリアート独裁を確立させる。これは理論的には正しい。だが、ラテンアメリカの状況を分析するかぎり、以下のような結論に至らざるをえない。一般的に言ってこの大陸には、ブルジョワと地主の政権に対して大衆を暴力行動へと駆り立てる客観的な条件が存在している。権力の危機と何らかの主観的条件が存在する国は他にも数多くあるが、こうした条件がすべてそろっている国で権力奪取のために行動を起こさないとしたら、それは言うまでもなく犯罪的なことだ。このような状況にない場所でなら、他の手段が選ばれて、理論的な討論を経て、それぞれの国に適した決定がなされるのは当然のことだ。

歴史が許さない唯一のことは、プロレタリア政策の理論家と実践者が誤ることである。**前衛党の立場にあるということは、大学の卒業証書を持っているのとはわけが違う。**前衛党は、権力奪取の闘争において労働者階級の先頭に立ち、この闘争をいかに成功へと導くかということを、その近道も含めて知っていなくてはならない。それが革命党の使命であり、間違いがないよう、分析は深く徹底的に行なわれるべきだ。

現在のラテンアメリカは、寡頭独裁体制と人民の圧力のあいだで、不安定な均衡状態に置かれている。我々の定義によれば、「寡頭」とは多かれ少なかれ封建的な社会構造を持つ国における、ブルジョワジーと地主階級の反動的な同盟のことを指す。このような独裁体制は、一定の合法性を身にまとっている。その合法性は、半永久的に階級支配を続けながら円滑に活動するため、独裁体制が自ら確立したものだ。しかし現在、**我々人類社会は、人民が強力な圧力によってブルジョワ的合法性の扉を叩き壊そうという段階に立ち至っており、**その法の作り手たちは、大衆の動きを制圧するために自らその法に違反せざるをえなくなっている。制度化された法体系――あるいは自分たちの行為を正当化するために事後的に導入した法――をあからさまに破ることは、人民勢力の緊張を高めることにしかならない。したがって寡頭独裁体制は、旧来の法秩序を利用して憲法を改正し、直接的な衝突を回避しながらプロレタリアートを弾圧し続けようとする。だが、これは矛盾を生むばかりだ。人民は独裁体制が採用する昔ながらの、あるいは新たな弾圧手段をもはや容認できず、それを粉砕しようとする。ブルジョワ国家の権威主義的で抑圧的性格を決して忘れてはならない。レーニンはこの点について以下のように述べている。

国家は非妥協的な階級対立の産物であり、その現れである。国家は、階級対立が客観的に見て和解し得ない時代と場所においてのみ生ずる。逆に言うと、国家があるということは、そこに妥協不可能な階級敵対が存在していることを証明している(『国家と革命』)。

言い換えると、「民主主義」という言葉が搾取階級による独裁の言い訳に使われるうちに、元の深い意味を失い、多少なりともよい意味での自由権を人民に与えるものというような意味を持つことがあるが、それを決して許してはならない。革命的権力を築くことを提起することなく、

郵便はがき

料金受取人払郵便

新宿局承認

2531

差出有効期限
平成30年9月
30日まで

切手をはら
ずにお出し
下さい

160-8791

344

（受取人）
東京都新宿区
新宿一－二五－一三

原書房

読者係　行

1608791344　7

図書注文書（当社刊行物のご注文にご利用下さい）

書名	本体価格	申込数
		部
		部
		部

お名前　　注文日　年　月　日

ご連絡先電話番号（必ずご記入ください）
□自　宅　（　　）
□勤務先　（　　）

ご指定書店（地区　　）（お買つけの書店名をご記入下さい）　帳合

書店名　　書店（　　店）

5370

チェ・ゲバラ名言集

愛読者カード　　エルネスト・チェ・ゲバラ 著

＊より良い出版の参考のために、以下のアンケートにご協力をお願いします。＊但し、今後あなたの個人情報(住所・氏名・電話・メールなど)を使って、原書房のご案内などを送って欲しくないという方は、右の□に×印を付けてください。　□

フリガナ
お名前　　男・女（　　歳）

ご住所　〒　　-

市　　町
郡　　村

TEL　（　　）
e-mail　　@

ご職業　1会社員　2自営業　3公務員　4教育関係
5学生　6主婦　7その他（　　）

お買い求めのポイント
1テーマに興味があった　2内容がおもしろそうだった
3タイトル　4表紙デザイン　5著者　6帯の文句
7広告を見て（新聞名・雑誌名　　）
8書評を読んで（新聞名・雑誌名　　）
9その他（　　）

お好きな本のジャンル
1ミステリー・エンターテインメント
2その他の小説・エッセイ　3ノンフィクション
4人文・歴史　その他（5天声人語　6軍事　7　　）

ご購読新聞雑誌

本書への感想、また読んでみたい作家、テーマなどございましたらお聞かせください。

一定のブルジョワ的合法性の回復のためだけに戦うことは、支配階級が確立した独裁的秩序を復活させるために戦うことに他ならない。それはただ**囚人の鎖につながれた鉄球を軽くしようとする試みに過ぎない。**

このような闘争の条件下で、寡頭体制は人民抑圧のために作り上げた上部構造［政治、法律、文化など］を常に利用しようとはするものの、自ら取り決めた契約を破り、彼らの言う「民主主義」の仮面さえかなぐり捨てて人民を攻撃する。ここで再び、何をなすべきか、という問いが生まれる。我々はこう答える。**暴力は搾取者だけの所有物ではない。被搾取者も暴力を使用できる。そしてさらに言えば、必要なときには暴力を使用すべきである**、と。ホセ・マルティ［一九世紀キューバの革命家］は述べている。「戦争が避けられる国で戦争をする者は犯罪者であり、避けられない戦争をしない者も同じく犯罪者である」

そしてレーニンはこう述べている。

社会民主党は戦争をセンチメンタルに捉えたことはない。社会民主党は、人類の社会において紛争を解決する野蛮な手段としての戦争を留保なく非難する。しかし、社会が階級的に分断され、人間が人間を搾取しているかぎり、戦争は不可避であるということを社会民主党は知っている。この搾取は戦争を経ずして粉砕できないし、戦争はいつでもどこでも搾取者によって、つまり支配抑圧階級によって開始される。

彼は一九〇五年にこう述べた。後に、「プロレタリア革命の軍事綱領」において、階級闘争の本質を深く分析しながら彼はこう主張した。

階級闘争を認めるのなら、必ず内戦を認めなければならない。あらゆる階級社会において、階級闘争は自然と——また一定の条件下では不可避に——内戦へと継続し、発展し、激化するからである。内戦を否定したり忘却したりすれば、極度の日和見主義に陥って社会主義革命を断念することになる。

つまり、新しい社会の助産師である暴力を恐れるべきではない。ただ一つ留意すべきことは、人民の指導者が状況を最適と判断したまさにその瞬間に、そのような暴力が解き放たれるべきだということだ。

その状況とは、どのようなものだろうか。主観的には、それは相補い、闘争を通して交互に深化する二つの要因にかかっている。一つは変化の必要性の意識、もう一つは革命的変革への可能性の確信である。これら二つの要因は、世界の新しい勢力図や、変化への強い意思とともに客観的条件――それはラテンアメリカのほぼ全土で闘争の発展に極めて有利な状況をつくっている――と結びつき、行動の形態を決定する。

社会主義諸国からどんなに遠く離れていようとも、戦う人民はそこから有益な影響を受け、啓蒙的な実例に倣ってさらに強くなっていく。今年［一九六三年］の七月二六日、フィデル・カストロは次のように語った。


とりわけ現時点における革命家の義務は、世界の勢力関係に起きている変化を察知し、認識すること、そしてこうした変化が諸民族の闘争を促進するものだという事実を理解することにある。革命家の義務、ラテンアメリカの革命家の義務は、勢力関係の変化がラテンアメリカで社会革命という奇跡を生み出すのを待つことではなく、変化のなかにある革命運動に有利なものをくまなく利用し尽くすこと、そうやって革命を起こすことである！

このように言う者もいる。「革命戦争が政治的権力を獲得する適切な手段となる場合もあることは認めるとして、では、フィデル・カストロのように我々を勝利へと導いてくれる偉大な指導者がどこにいるというのだ」。他のすべての人間と同じく、フィデル・カストロは歴史の産物である。ラテンアメリカにおける反乱闘争を導く軍事的指導者と政治的指導者――一人が両者を兼ねることもあるかもしれない――は、戦争を実践するなかで戦争の技術を学ぶことだろう。どんな仕事も、教科書だけで学ぶことはできない。この場合は闘争が偉大な教師となる。

もちろん、その課題は簡単なものではないし、その過程で重大な脅威に直面することもあるだろう。

武装闘争が発展していくなかで、革命の将来にとって極めて危険な時期が、二度にわたって訪れる。一度目の危険は、その準備段階に発生する。そして、その危険にどう対処するかによって、人民勢力の闘争への決意と目的の明瞭さが測られることになる。ブルジョワ国家が人民の陣地に襲いかかるとき、彼らは自分たちが有利な時期をねらって攻撃を仕掛けてくるわけだから、その防衛にあたることはやむをえない。だが、すでに革命のための最小限の主観的・客観的条件が熟しているのなら、防衛は武装したものであるはずだが、それは単に人民勢力が敵の攻撃を食い止めるだけに留まってはならない。まして武装による防衛の段階は、追われた者にただ避難所を提供するようなものであってはならない。ゲリラ戦は、時に人民の防衛運動となることもあるが、内に攻撃能力を備えているかぎり、この点はたえず発展させる必要がある。この能力が、やがて人民勢力の触媒的性格を決定するのだ。つまり、**ゲリラ戦は受動的な自己防衛ではなく、攻撃を伴う防衛である。**そのことを認識することが、政治権力の獲得という最終的な展望につながるのである。

この瞬間は重要な意味を持つ。社会過程における暴力と非暴力の違いは、発射された弾丸の数で測ることはできない。その違いは具体的な状況変化によって決まるからだ。そして人民勢力は自己の相対的な弱さと同時にその戦略的な力を認識し、状況の後退を防ぐべく、いつ打って出るべきか、その瞬間をどうやって測るかを知っておく必要がある。寡頭独裁体制と人民の圧力のバランスを逆転させせなければならない。独裁体制は常に、暴力に訴えることなく活動しようとする。その偽装を脱ぎ捨てさせること、つまり反動階級の暴力的な独裁体制という真の姿を暴露することとは、その仮面を引き剝がすことにつながる。そしてこのことは、後戻りできない状況にまで闘争を深化させる。ひるまずに長期的な武装行動に移れるかどうかは、人民勢力がその機能を果たせるかどうかにかかっている。その機能とは、独裁体制を前に手を引くのか、闘争を開始するのかという決定を強いることだ。

二度目の危険な時期を回避できるかどうかは、人民勢力を成長させる能力にかかっている。マルクスは、革命のプロセスが開始されるや否や、プロレタリアートは休みなく攻撃を続けなければならないと、常に忠告していた。たゆみない深化を伴わない革命は、後退するしかない。戦闘員は疲れてくると信念が揺らぎ始める。そのときブルジョワの常套手段のなかには、我々に対して効果を発揮する策略もあるかもしれない。その策略は、もしかしたら選挙を実施し、以前の独裁者とは違って甘い声と天使の顔を持つ紳士に政権を移譲することかもしれない。あるいは、軍隊に率いられ直接・間接に進歩勢力に支持される、反動勢力によるクーデターかもしれない。他にも策略はあるが、戦術的策略を分析することは我々の目的ではない。

ここでは、前述の軍事クーデターの作用に注目しよう。軍事指導者は真の民主主義にどのような貢献ができるだろうか。それが反動階級と帝国主義的独占体の道具に過ぎないとしたら、そして手中の武器だけを頼りに特権の維持だけを望むカーストだとしたら、彼らにどのような忠誠が期待できるだろうか。

独裁者が困難な状況に追い込まれたとき、すでに政治生命が尽きているその独裁者の打倒を軍人が企てるのは、その独裁者が極端な暴力なしには軍人の階級的特権を維持する力がなくなったからだと考えられる。一般的にこの時点では、極端な暴力は寡頭勢力の利益にはつながらない。

だが、このことは決して、自分が仕えてきた社会に背を向け、実際に反逆した軍人個々人の貢献を否定するものではない。彼らはカーストの代表者としてではなく、革命路線に従うかぎり、戦士として利用されるべきである。

かつてエンゲルスは『フランスの内乱』第三版の序文でこう述べた。

あらゆる革命のあと、労働者は武装していた。「……したがって、国家権力を握るブルジョワはまず労働者の非武装化を目指そうとする。それゆえ労働者が勝ち取った革命のあとにはきまって新たな闘争が起こり、それは労働者の敗北に終わるのである」(レーニン『国家と革命』による引用)。

闘争によってもたらされた何らかの形式的な変化が、そのあとで戦略的に撤回されるという茶番は、資本主義世界で何十年も繰り返されてきた。それどころか、このようにプロレタリアートを欺き続けることが一世紀以上にわたって定期的に行なわれてきた。

ブルジョワ的合法性の一部を利用することで革命的行動に有利な状態を引き出そうとして、進歩政党の指導者が目的を見失う危険性も、行

動の過程でよくあることだ。

権力の奪取という最終的な戦略目標を忘れてしまうのである。

以上で簡潔に分析したこの二つの困難な時期は、マルクス＝レーニン主義政党の指導者がその時期の意味を正確に読み取り、大衆を動員して原理的矛盾を解決する正しい道に導くとき、克服することができる。

このような思索を練り上げるなかで、我々はゲリラ戦および武装闘争の思想が、闘争方法として最終的に受容されるものと考えてきた。ラテンアメリカの現実のなかで、なぜゲリラ戦こそ正しい道だと考えるのか。我々がラテンアメリカでの闘争の中心にゲリラ戦を据えるべきだと考える基本的な理由はこうだ。

第一に、敵が権力を手放すまいとして戦うとすれば、抑圧者の軍隊を破壊することを考えなくてはならない。このためには、抑圧者の軍隊と人民軍とを対決させる必要がある。そのような人民の軍隊は自然発生するものではなく、敵の武器を奪って武装しなければならない。そのためには、人民勢力と指導者が十分な防衛力も機動性も持たないなかで、抑圧者側の勢力からの攻撃に常にさらされるという、長く厳しい闘争を覚悟する必要がある。

一方、ゲリラの本拠地は闘争に適した地域に置かれ、革命司令部の安全と存続を確保する。また、人民軍の参謀本部から指令を受ける都市部隊は、非常に重要な役割を担う。しかし、もしこれらのグループが破壊されたとしても、それによって革命の魂、つまり指導部までが殺されることはない。指導部は農村の根拠地から大衆の革命精神を鼓舞し、別の戦闘に備えて新しい勢力を組織する。

将来の国家機関、つまり、移行期を通じて階級的独裁を効率的に率いることを委任された機関の建設が、この地域で始まる。闘争が長引くほど、それだけ行政問題は大きく複雑なものになる。そしてそれを解決するためにカードルが訓練され、未来の権力と経済発展を確かなものにするための困難な課題に取り組んでいくことだろう。

第二に、ラテンアメリカ農民が置かれている一般的な状況と、国内と外国の搾取者が手を結んだ封建的構造に対して、農民の闘争がますます活発になっていくという性格がある。

『第二ハバナ宣言』に戻ろう。

前世紀〔一九世紀〕初頭、ラテンアメリカ人民はスペインの植民地主義から自らを解放したが、搾取からは解放されなかった。封建地主がスペイン人支配者の権威を引き継ぎ、インディオは依然として過酷な奴隷状態におかれ、ラテンアメリカ人はなんらかのかたちで奴隷でありつづけ、人民のささやかな希望は寡頭体制の権力と外国資本の専制の下に踏みにじられた。程度の違いはあれ、これがラテンアメリカの真実である。今日のラテンアメリカはスペイン植民地主義帝国よりもはるかに獰猛で強力、残忍な帝国主義の支配下にある。

ラテンアメリカ革命という客観的で歴史的に不可避な現実に直面して、ヤンキー帝国主義はどのような態度をとっているのだろうか。彼らはラテンアメリカ人民に対して植民地戦争を仕掛ける準備をし、ラテンアメリカ人民の闘争を血と鉄で鎮圧するために、暴力装置や政治的口実を動員し、反動的寡頭体制の代表者からなる偽りの合法的機関をでっち上げるのである。

このような客観的状況は、農民たちのなかに眠っている力を引き出して、それをラテンアメリカ解放のために使う必要があることを示している。

第三に、闘争の全大陸的な性格である。

ラテンアメリカ解放に向けたこの新たな段階を、特定の国における二つの地元勢力の権力争いとして捉えることができるだろうか。それはありえないことだ。これは全人民勢力と全抑圧勢力とのあいだの、生死を賭けた闘争である。このことも前の引用文で予見されている。

抑圧勢力と利害が一致するヤンキー帝国主義は、ラテンアメリカにおける闘争が決定的重要性を持つがゆえに、介入してくることだろう。事実、彼らはいまも抑圧勢力を整備し、大陸全体にまたがる闘争機構の組織化のために介入している。今後、彼らは全力を傾けて介入してくるだろう。そして可能なかぎりの破壊的兵器を使って、人民勢力に攻撃を仕掛け、革命権力の樹立を阻止しようとし、どこかで革命権力が樹立されようものなら、さらに攻撃を強めてくることだろう。彼らが革命権力の樹立を認めることはない。あらゆる類の破壊工作員を導入し、国境問題をでっち上げ、他の反動国家が革命権力樹立に反対するように仕向けて、新生国家の経済的圧殺をもくろむだろう。つまり、革命政権を消滅しようとするのだ。

これがラテンアメリカの現状である。だから、個別の国で勝利し、その勝利を確固たるものにすることは困難だ。抑圧勢力の団結には、人民勢力の団結をもって対決しなければならない。**抑圧が耐え難いものになっているすべての国で、反逆の旗を掲げなければならない。**この歴史的必然性の旗は全大陸的な性格を持つだろう。フィデルが言ったように、アンデス山脈はアメリカ大陸のシエラ・マエストラになる運命にあり、この大陸全体をまたぐ広大な領域は、帝国主義権力との生死を賭けた闘争の場となる運命にある。

この闘争がどの時点で全大陸的性格を帯びるようになるか、また、それがいつまで続くかはわからない。しかしそれは必ず到来し、勝利に終わることは予言できる。なぜなら、それは歴史的、経済的、政治的諸条件からくる必然的結果であり、その歩みを逆戻りさせることは不可能だからだ。各国の革命勢力任務は、他国の状況がどうあれ、条件さえ整えば闘争を開始することだ。全体的な戦略は、闘争の発展とともに姿を現すことだろう。闘争が全大陸的な性格を持つだろうという予測は、各勢力の力関係を分析した結果であるが、このことは個々の地域での決起を否定するものでは決してない。ある国の一地域で闘争が開始されればそれが全国に波及するように、一つの革命戦争の開始は周辺国における条件づくりに貢献するだろう。

通常、革命の発展は上げ潮と下げ潮を反比例するかたちで繰り返されてきた。革命が上げ潮にあるときは、反革命は下げ潮にある。反対に革命が衰退すると、反革命が上向きになる。その時期には人民勢力の状況も困難なものとならざるを得ないため、損失を最小限に止めるために、最善の防衛措置をとらなければならない。敵は全大陸にまたがり、極めて大きな力を持っている。したがって、ある特定の国で現地ブルジョワジーの力が相対的に弱かったとしても、それは行動を決定するための判断材料にはならない。ましてや、その寡頭勢力が武装した人民と最終的に共闘することなど期待はできない。キューバ革命のゴングが鳴り、搾取者と被搾取者はコーナーの両極に立とうとしている。プチブル集団は、自分たちの利害と政治的判断力にのっとって、どちらの側につくかを選ぶだろう。**中立的立場はありえない。これが革命戦争の構図である。**

では、ゲリラの中核部隊がどのようにして発足するかについて考察しよう。

まず、その核となる比較的少数のメンバーが、時には敵に反撃するために、時には敵からの防衛のために、ゲリラ戦に有利な場所を選んで、そこで行動を開始する。ここで留意すべき点がある。当初、ゲリラ勢力は比較的弱体であるため、その地域での行動は、周辺の環境になじみ、住民との関係を築くなど、将来の根拠地となる場所を要塞化することに目的を置くべきだ。

ゲリラ部隊の発足にあたっては、生き残るために次の三条件を発展の基盤に据えることが重要だ。それは、不断の機動性、不断の警戒心、不断の慎重さである。これら軍事戦術の要素を適切に実行しなければ、部隊の存続は困難なものとなろう。一つ忘れてはならないことは、この時期のゲリラ戦士の英雄的精神は、計画した目的への見通しを立て、そこに到達するのに必要な一連の犠牲に耐えることに発揮されるべきだという点である。

ここで言う犠牲とは、日々の戦闘や敵と対峙した闘争のことではなく、ゲリラ戦士個々人にとって、肉体的にも精神的にも耐えがたい、より微妙なかたちをとったものだ。

ゲリラは敵軍の攻撃によって重大な損害を受けることもあるだろう。時には分断され、捕虜となって苦痛を味わうこともある。彼らは作戦地域でけもののように駆り立てられ、背後に敵がいるのではないかという懸念を常に抱くだろう。その上、すべてに用心深くなくてはならない。恐怖にかられた農民が保身のためにゲリラを抑圧部隊に引き渡すこともあるからだ。**勝利か、さもなくば死か。ゲリラにはそれしか選択肢はない。**死の方が一〇〇〇倍も現実的な概念であり、勝利は革命家だけが夢見ることができる神話である。

これがゲリラの英雄的精神だ。だからこそ、前進することが戦いの一つのかたちである一方、場合によっては戦闘を回避することももう一つの戦いのかたちだと言われるのだ。敵が全体的に優位な情勢下で活動するには、一時的に相対的優位を確保するために、敵よりも多くの戦力を一点に集中させたり、あるいは地勢を最大限に利用して勢力関係を逆転させるなどの戦術形態を検討すべきだ。このような条件の下において、初めて戦術的勝利は確かなものとなる。一方、相対的な優位性が確保できないときは、行動を起こさないことが望ましい。その時期と方法を選べるなら、勝利の見込みのない戦闘はすべきではない。

ゲリラ勢力は、自身がその一部でもある大きな政治的・軍事的行動の枠組みのなかで成長し、強固なものとなっていくだろう。そしてこの枠組みのなかで、彼らは根拠地づくりを続ける。根拠地はゲリラの成功に不可欠なものだ。こうした根拠地は、敵にとって大きな犠牲を覚悟しないかぎり侵入が難しく、革命の砦であり、避難所でもあり、ゲリラ勢力がより大胆な遠征を仕掛けるための拠点でもある。

戦術的・政治的な困難がともに克服されれば、そのような時期が来るだろう。ゲリラは、その使命である人民の前衛としての役割を決して忘れてはならない。したがって彼らは、大衆の全面的な支持に基づく革命権力の確立のために、必要な政治的条件をつくり出すべきである。また、全人民を確固たる集団として一つに結集するためにも、農民階級の主要な要求はできるかぎりの範囲で、できるかぎりの形態で満たされるべきだ。

初期の軍事的状況が困難なものであるとすれば、政治的状況もそれに劣らず繊細なものである。**たった一度の軍事的過ちはゲリラの全滅につながりうるが、たった一度の政治的過ちが長期にわたってゲリラの発展を阻むこともある。**

闘争は政治的かつ軍事的なものだ。そのように考えて、闘争を発展させ、理解する必要がある。

ゲリラ勢力が発展すると、その行動能力が一定の地域にいきわたり、人員が過剰となって過密状態になる時点が来る。そこで、ハチの巣分かれのようなことが起こる。優れたゲリラである一人の司令官が別の地域へと向かい、司令本部の指揮下に留まりつつも、ゲリラ戦の連鎖的発展を繰り返すのだ。

だが、人民軍をつくらずして勝利は望めないということも、指摘しておく必要がある。ゲリラ勢力は一定の規模までしか拡大できない。人民勢力は都市部や敵の他の支配地域で相手に損失を与えることができるが、それでも反動勢力の軍事的潜在力が揺らぐことはない。最終的には敵を全滅させるしかないということを忘れるべきではない。したがって、新たに獲得された解放地区や、敵の戦線の背後に浸透した地域、主要都市で行動する勢力は、すべて統一された司令部の下に置かれなければならない。これは軍隊に見られるような厳格な階層的指揮系統ではなく、戦略的な司令組織である。ゲリラはある程度自由に行動しながら、中央司令部の戦略的命令には全面的に従うことになる。中央司令部は最も盤石な地域に置かれ、ある時期が来たら諸勢力を統合するための条件を整える。

一般的に、ゲリラ戦争、つまり解放戦争は、三つの段階からなる。第一は戦略的防衛の段階である。この時期には、小集団が敵を叩いては逃走する。自らを守るためには、狭い区域で逃げ場を求めるような受動的防衛よりも、むしろ可能な範囲で限定的な攻撃を繰り返す方がよい。この段階の次には、敵側とゲリラ側の双方の勢力に行動の可能性がある均衡状態が訪れる。続いて抑圧軍を圧倒する最終段階が訪れる。その結果、大都市が攻略され、大規模な決戦が起こり、敵は殲滅される。

双方が相手を警戒しあう平衡状態に達すると、ゲリラは発展しつつ、その戦いも新しい特徴を帯びるようになる。戦略的概念が導入され、大部隊が敵の拠点を攻撃するとともに、勢力を展開して相当な攻撃手段を用いる機動戦が行なわれる。しかし、敵にはまだ抵抗し反撃する力が残っているので、この機動戦が完全にゲリラ戦に取って代わるわけではない。機動戦は、ゲリラ勢力がいよいよ軍団を備えた人民軍に結実するまでのあいだ、比較的大規模なゲリラ勢力が採用する行動の一形態に過ぎない。この時期ですら、ゲリラは本来のゲリラ的方法を用いて、主力の行動に先んじて敵の通信手段を切断するなどして、敵の防衛体制を破壊する任務を負う。

我々は、戦争が南アメリカ大陸全土に及ぶだろうと予測した。これは、戦争が長期化して多くの戦線が生じ、長きにわたって多くの血が流され無数の命が失われることを意味する。しかし、このことは、ある結果につながる。それは将来の革命戦争においてラテンアメリカの各勢力が分極化し、搾取者と被搾取者とが明確に分かれるため、人民の武装した前衛が権力を掌握した際には、それらの国々で帝国主義者と国内の搾取者の双方を同時に一掃したことになる、ということだ。つまり、社会主義革命の第一段階は完了していることになる。そして人民は傷を癒し、社会主義建設を開始する準備を始めることだろう。

では、これほどの血を流さないですむ可能性はあるだろうか。

かつて世界の最終分割が行なわれ、アメリカ合衆国というライオンは、ラテンアメリカという分け前にありついた。今日、旧世界の帝国主義者が再び勢力を盛り返し、ヨーロッパ共同市場の力はアメリカ合衆国自体にとって脅威となっている。こうしたことから、場合によっては社会的進歩を勝ち取るために強力な民族ブルジョワジーと同盟して、帝国主義どうしの闘争を傍観者として眺めていればいい、という考えが生まれるかもしれない。しかし、階級闘争においては受動的な方針がよい結果をもたらすことは決してない。**ブルジョワジーとの同盟は、ある時期にいかに革命的であるように見えても、一過性のものに過ぎない**し、時間的要因のせいで、我々は別の道を選ばざるをえなくなるだろう。ラテンアメリカの根本的矛盾は急速に激化しているため、帝国主義陣営内の市場をめぐる闘争がもたらす矛盾は「正常な」発展を揺るがすことになるからだ。

民族ブルジョワジーは多くの場合、アメリカ帝国主義と一体化しているため、彼らはそれぞれの国内で帝国主義と運命を共にするしかない。民族ブルジョワジーと他の帝国主義者との合意や共通の利害がアメリカ帝国主義と敵対するようなものであったとしても、それは闘争がすべての者を被搾取者と搾取者にわけた根本的なものへと発展していく段階で、その枠内で起きることに過ぎない。これまで見たところ、階級対立による勢力の分極化は、略奪品の分配をめぐる搾取者間の矛盾よりも、急速に深まりつつある。各個人にとっても住民の各層にとっても、搾取者と被搾取者の二つの陣営の二者択一はいっそうはっきりしたものになるであろう。

「進歩のための同盟」は、押しとどめることのできない流れをせき止めようとする試みだ。

しかし万が一、ヨーロッパ共同市場や他の帝国主義グループのラテンアメリカ市場進出が原理的な矛盾の発展よりも急速になろうとも、その裂け目に人民勢力という楔を打ち込むべきだということを意味するに過ぎない。そしてこの全闘争を継続するなかで、新しい侵入者の究極的な意図をはっきりと把握しつつ、彼らを利用するのだ。

階級の敵には、一つの陣地も、一つの武器も、一つの機密も渡してはならない。そうすれば、すべてを失うことになる。

ラテンアメリカにおける闘争は、すでに始まっている。その嵐の中心がベネズエラになるのか、グアテマラになるのか、コロンビアになるのか、ペルーになるのか、エクアドルになるのかはわからない。いま現れている衝突は、動揺が実を結ぶ前段階に過ぎないのだろうか。今日の闘争の結果がどうなろうと、重要なことではない。一つや二つの運動が一時的に敗北しても、最終的な結果にとっては重要なことではない。

重要なのは日ごとに成熟する闘争への決意であり、革命的変革を求める意識であり、それが可能であるという確信である。

これは予言である。歴史が我々の正しさを証明するという確信とともに、予言しておこう。ラテンアメリカと帝国主義世界における主観的・客観的要因の分析は、『第二ハバナ宣言』に基づくこれらの主張の的確さを示している。

CAMILO

CHE GUEVARA SPEAKS 12

カミロへの追悼

一九五九年一〇月二八日、カストロの側近のなかでも最も個性的な人物、カミロ・シエンフェゴスを乗せたセスナ機が、カマグエイからハバナへ向かう途中でこつぜんと姿を消した。カストロ自身が指揮する大規模な捜索にもかかわらず機体は見つからなかったため、風にあおられて海上で墜落したものとみなされた。ゲバラにとってシエンフェゴスは最も親しい同志の一人だった。失踪の数カ月後に出版した『ゲリラ戦争』のなかで、ゲバラはカミロに感動的な献辞を捧げている。ここで紹介する追悼文の最後の四段落はその献辞と同じものである。

ゲバラが『ベルデ・オリーボ』誌にこの文章を書いたのは一九六四年のことだが、「よりシリアスなものにするため」に改善を望み、公表を先延ばしにしていた。結局、書き換えられないまま『ベルデ・オリーボ』誌がチェの追悼号で本文を発表した。

記憶とは過去をよみがえらせ、死者を呼び戻す手段である。カミロのことを追想するのは過去を、死者を呼び戻すことにほかならないが、その一方で彼はキューバ革命の一部として生き続けている。カミロの精神は死なない。この無敵のゲリラ戦闘員がどんな人物だったのか、私は革命軍の同志たちに知ってもらいたいと願っている。私には彼について語る資格がある。アレグリア・デ・ピオで最初の挫折を経験したころから、私たちは常に行動をともにしてきたからだ。また、

彼について語るのは私の義務でもある。カミロは戦いの、喜びの、勝利の同志である以上に、実の兄弟と呼べる存在だからだ。

彼がグループに参加したのは私たちがメキシコを去る直前だったが、当時、私は彼と直接顔を合わせたことはなかった。彼は誰の紹介もなくアメリカからやってきた。危険と隣り合わせの日々、カミロを――ほかの誰でも同じだが――無条件で信用するわけにはいかなかった。彼は南北アメリカに新たな何かをもたらす八二人の一人としてグランマ号に乗り込み、幸運にも無事に海を越えた。

カミロに会う前から、私はすでに彼のいくつかの印象的な言葉を通じてその存在を知っていた。アレグリア・デ・ピオでの大惨事のころのことだ。私は傷を負い、森の中の空き地に倒れ込んだ。横では血まみれになった同志の一人が、死を覚悟して残り弾を撃ち尽くしている。誰かの弱々しい叫び声が聞こえてきた。「もうだめだ。降伏するしかない」。するとどこからともなく力

強い声が聞こえてきた。私にはそれが民衆の声であるかのように思えた。「誰一人としてここで降伏はしないぞ！　絶対にだ！」

奇跡的にも私たちは生き延びた――同志アルメイダよ、君の努力に感謝している――そして私たち五人はクルス岬近くの断崖沿いをさまよっていた。ある晴れた月明かりの夜、何の恐れも感じずに平和に眠っている三人の同志に出くわした。敵だと勘違いした私たちは彼らに飛びかかった。結局、大事にはいたらなかったが、この出来事はのちに私たちのジョークの種となった。彼らを奇襲したのも私なら、彼らが私たちをバティスタ政府軍の兵と勘違いして撃ってこないように白旗を揚げたのも私だったからだ。

私たち八人は移動を続けた。カミロは飢えていた。何でもいい、どこでもいい、とにかく食料を口に入れたいと望んでいた。何度も農民たちのあばら屋に近づき、食べ物を恵んでもらおうとした。だから、私はカミロと激しく口論することもあった。〝食いしん坊たち〟の意見を受け入れたせいで、我々の同志を数十人殺した敵軍の手に落ちそうになったことも二回ある。九日目、私たちは食いしん坊グループの声を抑えきれなくなった。そこで、ある農民小屋に忍び込み、見つけたものを食べ、そして全員が病気になった。当然ながら、最も症状がひどかったのはカミロだ。なにしろ、飢えたライオンのように子ヤギ一匹を一人でたいらげてしまったのだから。

この時期、私は戦士ではなくむしろ衛生兵と呼べる存在だった。私はカミロに食事療法を言いつけ、小屋の奥で安静にするよう命じた。そこなら彼を守り、世話をすることが容易だからだ。問題は去り、グループはまた一つになった。月日が過ぎ、同行する同志の数も減っていった。カミロは才覚を認められ、我々がフィデルの指揮下で有する唯一の愛すべき隊列の前衛部隊の中尉に指名された。この隊列はのちに〝ホセ・マルティ〟第一部隊と呼ばれるようになった。アルメイダとラウルが大尉、カミロが前衛の中尉、エフィジェニオ・アメイヘイラスが後衛の中尉、ラミロ・バルデスがラウル小隊の一つの中尉、そして、もう一つの小隊の兵士としてカリストがいた。要するに、私たちの部隊はそのときに生まれたのだ。そして、私が受けもったのがグループの衛生中尉としての役目だ。ウベロでの戦いののち、私は大尉の階級を与えられ、その数日後には部隊の指揮官に任命された。時が過ぎ、カミロは私が指揮する部隊、第四部隊の大尉となった。

実際には二つめの部隊だったのだが、敵を欺くために「第四」と名付けた。

カミロがめざましい活躍を見せはじめたのはそのころからだ。たゆまない努力とけた外れな熱意をもって、彼は敵兵を追い続けた。あるときなど、撃ち殺した敵兵が地面に倒れる前にその手からライフルを奪えるほど敵の前衛部隊に近づいたこともある。また別のときには、彼は敵の一団を通過させ、彼らが我々の部隊と並んだときに横から集中砲火を浴びせようとした。しかし、この奇襲計画は実現できなかった。我々の仲間の一人が不安になり、敵を十分引き寄せる前に発砲してしまったからだ。こうしてカミロは「前衛の主《ロード・オブ・ザ・ヴァンガード》カミロ」になった。さまざまな戦い方を身につけた正真正銘のゲリラ戦闘員の誕生だ。

今でもよく覚えているが、一度目のピノ・デル・アグア攻略の際にはずいぶんと心配させられた。フィデルは私を自分のそばにとどまらせ、カミロに敵側面を攻撃するよう命じた。単純な作戦だ。カミロが敵陣営の端から攻撃を加え、包囲する予定だった。しかし、銃撃戦が始まると、彼とその部下たちは哨舎を奪ったのちも前進を続け、集落に入り込んで、遭遇する敵兵を手当たり次第に殺すか捕虜にしていった。街の家屋を一軒一軒しらみつぶしに占拠していく。結果、敵が反撃態勢を整え、鉛の雨が我が軍に降り注いだ。ノダやカポーテといった貴重な同志が命を落としたのはこのときだ。

部下を連れて前進してきた敵の機関銃兵に弾丸の嵐を浴びせる。部下を失ったその兵士は機関銃を置いて逃げ出した。攻撃が始まったのは夜だったが、そのころはすでに夜が明けていた。カミロはその機関銃を確保しようとして飛び出し、二発の弾丸を食らう。一発は左の太ももを、もう一発は腹部を突き抜けた。その場からなんとか逃れてきた彼を仲間が運び去る。私たちと彼らのあいだには二キロの距離があり、敵に分断されたかたちだ。機関銃の音に混じって敵兵の叫び声が聞こえてくる。「これはカミロの銃だ!」。「撃ってきたのはカミロだ!」。そしてバティスタをたたえる声。カミロは殺されたのだ、と私たちは考えた。しかしありがたいことに、銃弾は内臓や重要な器官を傷つけずに彼の腹部を貫通していた。

そして四月九日に悲壮な戦いの日々が始まった。カミロは先陣としてオリエンテ平原に入り、バヤモ地区に集結した敵軍の心臓部を恐怖で震え上がらせるテロリズムという伝説を打ち立てた。彼はたった二〇人の兵士を引き連れて六〇〇人の敵兵に囲まれる。二両の戦車を含む敵軍の前進に、それでも丸一日抵抗した。そして夜になり、彼らは見事に脱出して見せた。

その後、敵の攻撃が始まった。差し迫った危機と敵軍の集中を前に、カミロは呼び戻され、フィデルが他の前線に向かう際に彼がフィデルの代理を務めることになった。

のちに彼は自然の要害がないため戦闘が難しいラス・ビジャス平野に侵攻し、次々と勝利を重ねていった。カミロの行動は大胆不敵だったが、このころからすでに彼には政治的なセンスもあることが誰の目にも明らかだった。革命的な問題を解決する決断力があり、強い意志をもち、人民を信じていた。

カミロは機知に富み、ジョークを愛する陽気な男だった。シエラ山中での出来事を私はよく覚えている。一人の農民——我々の偉大で勇敢な名もなき英雄たちの一人——が、カミロからあるあだ名をつけられたのだ。おまけにカミロの顔つきはどこか尊大だった。ある日、その農民は縦隊長である私のところにやってきて、自分は「腹話術師」でもないし、侮辱される理由もないと申し出た。何が言いたいのかわからなかったため、私はカミロに説明を求めた。カミロによると、彼はその男をあざ笑うような表情で見つめ、腹話術師と呼んだそうだ。そのため、男はその言葉の意味を知らなかったのに、自分はひどい侮辱を受けたと感じてしまったのだった。

カミロは小さなアルコールバーナーをもっていた。そして、新米兵士にごちそうとして猫料理を振る舞うのを習慣にしていた。数多くある入団テストの一つ、といったところだ。猫肉を口にするのを拒み、この〝予備試験〟に不合格となった者の数は少なくない。カミロにまつわる逸話は驚くほど多い。彼のいるところ、自然と物語が生まれた。人民に対する理解とおおらかさは彼の人格の一部だった。こうした、今日では忘れられたり見落とされたりしがちな資質が彼の性格を特徴づけ、彼の行動の一つひとつに表れていた。ごくわずかな者しかもっていない貴重な資質だ。フィデルが語ったように、彼は読書好きな勤勉家ではないが、民衆の知恵というべきものを備えていた。彼を何千という人々のなかから選び出し、彼の大胆さ、我慢強さ、知性、そして献身を評価し、彼を栄誉ある地位に押し上げたのである。カミロは二つのことがらに忠誠を誓い身を捧げたが、結局それらは一体のものだった。一つはフィデルに対する絶対的な忠誠、もう一つは民衆に対する忠誠と献身だ。人民とフィデルは一体のものであり、カミロはその両者を一つのものと見なして身を捧げた。

誰がカミロを殺したのだろう？　人民のなかで生き続けるこの男を肉体的に抹消したのは誰な

敵が彼を殺した。彼らが彼の死を望んだから、飛行機に一〇〇パーセントの安全はありえないから、パイロットが経験不足だったから、あまりに多忙でハバナに一刻も早く到着する必要があったから。彼はその個性的な性格ゆえに殺されたのだ。カミロは危険を省みるような男ではなかった。彼は危険をゲームと見なし、危険と遊び、自ら危険を招き、引き寄せ、対処し、そしてゲリラとしての精神から、たかが雲ごときのために自分がなすべき仕事から退いたり離脱したりするわけにはいかないと考えていた。そのときすでに誰もが彼の名を知り、彼を称賛し、彼を愛していた。もしもう少し早く起こっていれば、この出来事は一ゲリラ将校の死に過ぎなかっただろう。

フィデルが言ったように、今後たくさんのカミロが生まれてくるだろう。だがそれだけではない。これまでもたくさんのカミロが存在した――彼とは異なり大偉業を成し遂げ、歴史の一ページに名を連ねることなく死んでいったカミロたちが。カミロとそのほかの――こころざし半ばで倒れた、あるいはこれから現れる――カミロたち、彼らは人民の強さを測る尺度だ。彼らこそが、完全に純粋な理想を守るために闘い、その高貴な目標を達成することを信じて疑わない国家が到達できる至高のかたちだ。

カミロのような男は、人々がその死を認めないかぎり生き続ける。

のだろうか？

彼について語るべきことはあまりにも多い。これ以上続ければ彼という人間の本質を血の通わない言葉で表すことになってしまう。それは彼を殺すのと同じことだ。だから、彼の社会経済的な思想などを明らかにすることなしに、このあたりでやめるのが賢明だろう。社会経済など、もとより正確には定義されていないのだから。しかし、一つだけ忘れてはならないことがある。カミロは一貫して革命的であり、人民の一員、革命のアーティストとしてキューバ国民の心から生まれた。彼に匹敵する男は——革命の以前も——決して存在しなかったという事実だ。彼の精神は衰弱することも惑わされることもなかった。

ゲリラ・カミロのことを日々思い出すのを欠かしてはならない。カミロはさまざまなことを成し遂げた。彼がキューバ革命に残した足跡は決して消えない。**彼は勝利の前に倒れた人々、そしてこれから生まれてくる英雄たちのなかに存在する。**彼は常に、そして永遠に復活を繰り返す。カミロは人民の偶像だ。

AT THE UNITED NATIONS

CHE GUEVARA SPEAKS 13

国連演説

軍の指導者、国立銀行の総裁、工業大臣といった役職に加え、ゲバラはキューバの外交においても重要な役割を果たした。一九五九年、ゲバラはアジア・アフリカ諸国へ外遊の旅に出た。一九六〇年には経済使節団を率いてソ連ブロック、中国、朝鮮民主主義人民共和国を訪問、一九六一年にはキューバの代表としてプンタ・デル・エステで開催された米州機構会議に参加、一九六二年には再び経済使節の長としてソヴィエト連邦に向かい、一九六三年はアルジェリアにおける経済計画会議に出席した。一九六四年三月、ゲバラはジュネーヴで開かれた国際連合貿易開発会議にキューバを代表して出席し、続けてアルジェリアで任務を行ない、さらに一一月には三度目のソ連訪問をし、そして最後はニューヨークで第一九回国際連合総会にキューバ代表として参加した。以下は一九六四年一二月一一日にゲバラが国連で行なった演説の抜粋である。

キューバがここに参加したのは、最も重要な論点において我々の立場を表明するためだ。この演壇に立つことの責任を十分に意識し、明確な言葉で率直に発言する義務を満たす所存である。

自己満足に陥っているこの総会が目を覚まし、前に進むことを我々は望んでいる。委員会が仕事を始め、一度の対立ですぐさま立ち止まってしまわないことを望んでいる。**帝国主義者たちは世界の深刻な問題を解決するつもりなどなく、この会議を無意味な弁論大会に変えようとしている。我々はそれを阻止しなければならない。**

今回の会議が、一九回目の国連総会が開かれたという数字のみをもって記憶されるようなことになってはならない。そうさせないために我々は努力している。

そうする権利と義務が我々にはあるはずだ。なぜなら、我が国は常に大きな摩擦が生じている場所の一つなのだから。小国といえども主権をもつ権利がある。この原則が毎日、毎分試されている場所の一つがキューバである。同時に、キューバはこの世界において、アメリカ帝国主義の目の前にあって、自由を求める闘いの最前線の一つでもあり、人類の現状においても民族は自らを解放し、自由を維持することが可能であることを、行動をもって日々示している。

もちろん現在では社会主義陣営も存在し、日増しに力をつけ、闘争のための強力な武器も増えている。しかし、生き残りのためには今以上の条件が要求される。団結の維持、自らの運命への信仰、自分の国と革命を守るためなら死を賭しても闘い続ける不屈の決意が必要だ。各国の代表諸君、キューバはこれら三つの条件をすべて兼ね備えているのだ。

本総会で取り扱うべき緊急の議題のなかでも、我々にとって特に重要であり真っ先に疑問の余地のない解決策を見つけなければならない問題は、異なった経済および社会的システムを有する諸国間における平和共存の問題である。この点において、世界はこれまで多大な前進を続けてきた。しかし帝国主義、特にアメリカ帝国主義は、平和共存は超大国だけが有する権利であると世界に思い込ませようとしている。我々の大統領がカイロで表明し、のちに第二回非同盟諸国首脳会議で宣言した言葉をここで紹介する。

我々が世界平和を確かなものにしたいと望むなら、平和共存を強国だけの手に委ねてはならない。平和共存はすべての国家において実現されなければならない。

国家の大きさや過去の歴史における関係性、時に国家間で生じる問題などに影響されてはならない。……

平和共存という考えが正確に定義される必要があるのは、なにも主権国家間の関係においてのみではないということもここで付け加えておく。マルクス主義者として、我々は国家間の平和共存を維持してきたが、そこには搾取する側と搾取される側の、抑圧する側と抑圧される側の共存は含まれていない。……

プエルトリコ人民とその指導者ペドロ・アルビス・カンポスに、我々は団結の意を表明する。アルビス・カンポスは偽善行為により七二歳の年齢で釈放されたが、生涯にわたる獄中生活を経て、ほぼ口もきけず、身体も動かせなくなっている。彼は今もまだ自由ではないが、不屈のラテンアメリカを象徴する存在である。長年にわたり監獄に収容され、精神的苦痛、孤独、仲間や家族からの完全な隔離、祖国を征服した者とその下僕たちの傲慢といった耐えがたき重圧にさらされながらも、彼の意志は決して屈しなかった。キューバ使節団は、キューバ人民を代表して、我らがアメリカに栄誉をもたらした愛国者に対し、称賛と感謝の気持ちを表する。

アメリカ合衆国は長年にわたり、プエルトリコを一種のハイブリッド文化の見本に変えようとしてきた。英語と同じ抑揚のスペイン語、背骨を矯正されたスペイン語——米兵の前でひれ伏すに適した言語というわけだ。プエルトリコ兵たちはたとえば朝鮮などにおける帝国主義の戦争において砲撃の的として利用されてきたし、ヤンキーどもの軍隊が数カ月前にパナマの非武装民間人を虐殺したときなどには自らの同胞に銃を向けるよう強いられてきた。これはヤンキー帝国主義が犯した犯罪行為で最も新しいものの一つだ。しかし、自らの意志と歴史的運命を踏みにじられながらも、プエルトリコ人民はいまだに自分たちの文化を、ラテン民族としての特性を、ラテンアメリカの島に生きる民衆が共有する独立へのたゆまない渇望の存在を証明するという民族意識を失わずにいる。……

この会議の主題の一つは、全面的かつ完全な武装解除だ。全面的かつ完全な武装解除への支持を我々は表明する。さらに、我々はすべての人々の希望を実現するため、あらゆる核融合装置の完全な破壊を求め、全世界の国々が参加する会議の開催を支持するものである。軍拡競争は常に戦争へと発展してきた、と我々の首相は本総会に先立って発言した。現在、世界には新たな核保有国が生まれ、武力衝突の可能性が高まりつつある。

我々は、核兵器の完全破壊およびその第一段階としての核実験の例外なき禁止を実現するには、全国家が参加する会議が不可欠だと確信している。

同時にすべての国家に対し、他国の境界線を尊重し、通常兵器による攻撃も含めてその侵害を一切控えるという義務を明確に定める必要がある。

全面的かつ完全な武装解除、核兵器の廃絶、新たな核融合施設の建設およびあらゆる核実験の完全停止を求める世界民族の声を我々は代弁し、国家領土の不可侵性は尊重され、帝国主義者は武力介入をやめなければならないと強調しておく。たとえ通常兵器のみを使ったとしても、それが危険なものであることには変わりないのだ。コンゴで数千の無防備な市民を殺した者が使用したのは原子爆弾ではない。彼らは通常兵器を使った。帝国主義者は通常兵器を使用し、たくさんの犠牲を生んでいる。……

キューバは、適切と思われるだけの武器を自国の領土に維持する権利を有し、あらゆる国に対し――それがいかなる強国であろうとも――我々の領土、我々の領海、我々の領空を侵す権利を認めないことを、ここでもう一度確認しておく。

いかなる総会においても、もしキューバがある集団的義務を負うことを承認した場合、我々はその義務を厳格に全うする所存である。集団的義務が取り決められないかぎり、キューバは他国と同様の権利を有する。帝国主義の要求に対して、我々の首相はカリブ海に確固たる平和を実現するために必要な五つの項目を指摘した。

その五つとは、

一、アメリカ合衆国が全世界で行なっている我が国に対する経済封鎖とあらゆる経済・貿易に対する圧力の停止。

二、空路および海路による武器・弾薬の搬出と搬入、傭兵侵略部隊の組織、諜報員や工作員の潜入など、アメリカ合衆国および共犯国家の領土から実行されるあらゆる破壊活動の停止。

三、アメリカ合衆国とプエルトリコに存在する基地を拠点とした海賊行為の停止。
四、米国軍の戦闘機および戦艦によるキューバの領空および領海の侵犯の全面停止。
五、グアンタナモ海軍基地からの撤退とアメリカ合衆国が占拠したキューバ領の返還……

INTERVIEW BY MRS JOSIE FANON

CHE GUEVARA SPEAKS 14

ジョシー・ファノンとのインタビュー

国連総会のあと、ゲバラはアフリカへ向かった。アルジェ滞在中、『地に呪われたる者』の著者である故フランツ・ファノンの妻ジョシー・ファノンのインタビューを受ける。このインタビューは『レヴォルシオン・アフリケン』の一九六四年一二月二六日号に掲載された。

ファノン　アルジェリアを訪問した理由は？

ゲバラ　とても単純な理由です。これからの数日で、私はアフリカ諸国を数多く訪問する予定です。そしてアフリカに行くなら、まずはアルジェリアに立ち寄る必要があると考えました。また、この機会を利用して、出発までにアルジェリア政府の仲間たちと国際問題やアフリカの問題について意見を交換するつもりです。予定していたより二、三日長くアルジェリアにとどまるかもしれません。

ファノン　アフリカ大陸に対するキューバ政府の立場を大まかに説明してください。

ゲバラ　アフリカはこの世界に存在するあらゆるかたちの搾取、帝国主義、植民地主義、新植民地主義に抵抗する最も重要な戦場となっています。少なくとも最も重要な戦場の一つであることは確かです。アフリカがこの闘いに勝つ可能性は非常に高いが、危険も数多く存在しています。ポジティブな側面としては、近代国家としてのアフリカ民族の若さ、植民地主義が民衆の頭に植え付けた憎しみ、アフリカ人と入植者のあいだに深い溝が存在するのを民衆がはっきりと自覚していること、入植者が去らないかぎり彼らのあいだに真の友情が生まれることはありえないという確信などを挙げることができます。加えて、社会主義諸国の援助により、数年前よりも現在のほうがはるかに迅速な発展が可能になりました。一定の条件付きではありますが、一部の資本主義国家ですら援助を申し出ています。この点に関してはまだ用心が必要ですが……。

一方、私たちがアフリカにとって最大の危機だと感じているのは、アフリカの人々のなかに分断が生じてしまう可能性があることです。そして、そのリスクは高まりつつあるように思います。一方では帝国主義の片棒をかつぐ連中がいて、もう一方では自分たちを解放する最適な方法を探している民衆がいる状態です。この危機を恐れるだけの具体的な理由もあります。

先進国と経済的に自立できない国々のあ

いだの交流は不平等なものになる。不平等な関係が最も卑劣なかたちで現れるのが植民地支配だと言えるでしょう。しかし、完全に独立した国々にも資本主義という監獄に閉じ込められてしまうリスクがある。なぜなら、強大な先進国が高い技術力を利用してそう仕向けるからです。先進国は、独立し自由になった国をいわば「吸収」しようとします。その結果、数年後には再び政治的、経済的な支配が成立してしまう。

　アフリカでは現在でもブルジョワジーが重要な役割を担っていると、私たちは考えています。この点で、アフリカはラテンアメリカとまったく異なっています。ラテンアメリカの民族ブルジョワジーには、もはや帝国主義の支配に従う以外の選択肢が残されていません。しかし、アフリカの独立国家の多くでは、これからブルジョワジーが発展し、より先進的な役割を担う可能性が残されています。しばらくのあいだ、アフリカのブルジョワジーは帝国主義打倒をスローガンとして民衆や左翼勢力を結集することができるでしょう。でも、ブルジョワジーと彼らを代表する政府は、いつか必ず壁にぶち当たる。ブルジョワジーはその本質において、民衆が求める道を進むことができないからです。そうなってしまったとき、残されただ一つの道は帝国主義と手を組んで人民を抑圧することです。つまり、まだ勢いのあるアフリカには大きな可能性が残されているが、同時に深刻な危険が潜んでいることも忘れてはならない、ということです。経済問題の大切さを忘れてはなりません。**国際貿易における不平等は袋小路につながり、最後は帝国主義をすんなりと受け入れてしまう。これは、一見したところ人民に奉仕する行為に見えるが、長期的には彼らを迫害することになる**のです。

ファノン　どのようなかたちの経済発展がアフリカ諸国に最も適していると考えますか？

ゲバラ　キューバの工業大臣としての意見を求められたら、私は単純にこう答えるでしょう。発展を始めたばかりの国家は、何よりもまず組織づくりに努め、自分の頭で考えて現実的な問題に取り組むべきだ、と。抽象的であいまいな意見と思われるかもしれませんが、とても大切なことです。

アフリカでは、すでに非常に広範囲にわたり国営化が進んでいます。したがって、特定の物品が不足する国へその商品を提供する企業をつくることが可能でしょう。互いに互いを補いあうのです。相互利益の精神が不可欠であり、そのためには国同士が互いのことをよく知り、信頼関係を築く必要があります。最初のうちは非常に単純な物事に制限すべきです。わずかな従業員だけで運営できる高度に機械化された企業よりも、失業者に仕事を与えるためにたくさんの労働力を必要とする小工場をつくるほうがいいケースもあるでしょう。迅速な機械化が必要になる場合もあれば、そうでない場合もある。実際、発展途上国が抱える問題の大半は、農業と鉱業に関わっています。しかしそれがどのようなかたちで問題となるかは国によって異なりますから、私たちはすべての現実に注意を払わなければならないのです。だからこそ、すべてのアフリカの国に一つの公式を当てはめることは不可能なのです。

ファノン　ラテンアメリカにおける革命闘争の展望は？

ゲバラ　ご存知のように、私にも非常に関心のあるテーマです。私の最大の願望でもあります。革命闘争は非常に長く厳しい闘いだと思います。孤立した一つの国の革命が勝利に終わるとは、不可能ではないとしても、とうてい思えません。数年前から帝国主義はラテンアメリカの人々を組織的に抑圧する準備を始めています。さまざまな国で、彼らは国際的な弾圧態勢をかたちづくっています。実際、いままさに、最近スペイン人の束縛からラテンアメリカを解放するための戦いが行なわれたペルーにおいて、軍事演習が行なわれています。アヤクチョ地区で行なわれているこの演習には、アメリカの指揮のもとさまざまな国が参加しています。ここで我々が目撃しているのは、弾圧を直接の目的とした準備行動です。この演習はなぜペルーのうっそうとした山のなかで行なわれているのでしょうか？　答えは簡単、アヤクチョの近くに重要な革命基地があるからです。意図的にアヤクチョを演習地として選んでいるのです。

北アメリカ人はゲリラ戦の問題に多大な関心を払っています。このテーマについて非常に興味深いことを書いています。彼らは、ゲリラ戦はその最初期に対処しないかぎり、鎮圧するのが極めて難しいと考えていますが、これは非常に正確な分析だと言えるでしょう。そこで彼らはこの目的を達成するために二つの戦略を立てました。一つは弾圧、もう一つは革命活動家と彼らの後ろ盾、つまり農民の分断です。私が目にした米国のある文書のなかで毛沢東の言葉が引用されていました。「人民に囲まれた革命家は水を得た魚だ」というものです。北アメリカ人はゲリラの力は人民に宿っていることを把握し、人民と革命家の交流を断ち切るためにあらゆる手段を用いなければならないと理解しました。

そのため、革命闘争はますます困難なものになっていくでしょう。しかし、国際的に組織された弾圧は、必ずプロレタリアと農民の国際的な団結を引き起こします。共通の敵に対する国際的な闘争が組織されるのは当然の成り行きであり、だからこそ私たちは、帝国主義とその同盟国に対する大陸規模の闘争が組織されるものと予想しているのです。闘争戦線ができあがるまでまだ時間がかかると思いますが、もし完成したら、これは帝国主義にとって大打撃となるでしょう。それがとどめの一撃になるかどうかはわかりませんが、強烈な一撃になることは確かです。私たちが、解放闘争は必ずしも防衛闘争である必要はなく、帝国主義に対する攻撃も含まれてしかるべきだ、という基本理念を掲げているのもそのためです。

ちなみに、米国社会にも矛盾があることを米国の労働者階級はちゃんと認識していません。彼らの生活水準が高いからです。

アメリカ帝国主義者たちが与える残飯に満足しているかぎり、彼らにとってこれらの矛盾はあいまいなものであるため理解ができず、自分たちも搾取される側にあることがはっきりと認識できないのです。

CHE GUEVARA SPEAKS 15

AFRO-ASIAN CONFERENCE

アジア・アフリカ会議にて

アルジェリアを発ったゲバラはマリ、コンゴ（ブラザビル）、ギニア、ガーナ、ダホメー、タンザニア、アラブ連合共和国を歴訪したのちアルジェリアに戻った。アジア・アフリカ人民連帯機構の第二回経済セミナーに出席するためだ。そこで行なった演説、なかでも発展途上国とソ連圏諸国の経済関係に言及した部分は、彼の経歴における最も重要な演説の一つとみなされている。一九六五年二月二四日に彼が行なった演説の全文をここに収録する。

親愛なる同胞の諸君。

キューバはラテンアメリカの人民を代表して発言するためにこの会議に参加した。また、別の機会でも強調してきたように、キューバは発展途上国として、また社会主義建設を目指す国としても発言する。

アジアとアフリカ人民の前で意見を述べる機会が我が国の代表団に与えられたのは偶然ではな

い。帝国主義の打倒という願望を、同じ敵を相手に戦ってきたという過去を、我々は共有している。

これらの事実が私たちを一つに結びつけるからだ。

これは闘う人民の会議であり、我々は力を合わせて二つの前線で闘争を繰り広げている。植民地主義や新植民地主義の鎖からの解放を目標とした政治と武力による対帝国主義闘争と、後進性および貧困に対する闘争の二つは、切っても切り離せない関係にある。そのどちらも、正義と豊かさに満ちた新しい社会をつくるうえで通らなければならない道なのだ。

この目標のためには、政治権力を奪い、圧制者を追放しなければならない。しかしその後、闘争の第二段階が必ずやってくる。これは第一段階よりも困難なものになるだろう。

独占資本が世界を支配して以来、一部の強国にのみ富が集まり、人類の大部分が貧困に陥ってしまった。そうした強国の生活水準は我々の国々の極度な貧困の上に成り立っている。だからこそ、発展途上国の生活水準を引き上げるには、帝国主義を打倒しなければならない。帝国主義の樹木から一つの国を引き裂くたびに、それは敵に対して部分勝利を収めたことを意味するだけでなく、真の意味での敵の弱体化につながり、最終的な勝利に一歩近づいたことになる。

生死を賭けたこの闘争に国境などない。

ほかの国で起こっている出来事に無頓着になってはならない。なぜなら、それがどの国であろうと、帝国主義に勝利するということは我々すべてにとって勝利であり、帝国主義に敗北するということは我々すべてにとって敗北を意味しているからだ。プロレタリア国際主義の実践は、よりよい未来のために闘う人民にとって義務であるだけでなく、絶対に避けては通れない道でもある。もしアメリカ合衆国をはじめとする帝国主義という敵が発展途上民族や社会主義国に攻撃を仕掛けてくるのなら、発展途上国の人民や社会主義国は団結してこれに立ち向かうべきなのは当然のことだ。共通の敵がいるというだけで団結する根拠になる。ほかに理由はいらない。

もちろん、そうした連携は自然にできあがるものではない。議論も必要になるし、産みの苦しみや痛みを伴うこともあるだろう。

一つの国が解放されるたびに、これは世界帝国主義陣営の敗北だ、と我々は宣言してきた。しかし、独立を宣言しただけで、あるいは武力革命で勝利したからといって帝国主義が崩壊するわけではないことは、我々も認めざるをえない。人民に対する帝国主義の経済支配を終わらせなければならない。したがって、社会主義国は帝国主義の本当の崩壊に関心を向けることが肝要だ。

加えて、**可能なかぎり迅速な、そして徹底的な解放に貢献することが我々の国際的な義務だ。**

我々を導くイデオロギーがこの義務を果たすことを我々に要求しているからだ。

これらすべてを総合すると、こう結論づけられるだろう。社会主義国はこれから解放の道を進む国々の発展を資金的に援助しなければならない、と。これは口先だけで言っているわけでも、脅迫しているわけでもない。アフリカとアジアの人民に取り入ろうとしているわけでもない。我々はそう確信しているのだ。意識を変え、人類に対する新たな兄弟愛を育むことなしに社会主義は生存できない。この兄弟愛には、社会主義がかたちづくられつつある、あるいはすでにかたちづくられた社会に向けられる個人レベルのものと、帝国主義による抑圧に苦しむ人民に向けられる世界レベルのものが含まれる。

このような精神なしに、従属国を救うという責任は果たせないものと我々は信じている。価値法則を根拠に開発の遅れた国に価格を強制するかたちで行なう互恵取引や、価値法則に基づき不平等な交換を行なう国家間関係をこれ以上つくりだしてはならない。

発展途上国で計り知れないほどの汗と苦しみ

を費やした原料を世界市場価格で売り、自動化された大工場でつくられた機械を世界市場価格で買うことのどこが「互恵」なのだろうか？

もし我々がそのような国家間関係を許してしまえば、社会主義国が帝国主義の搾取経済に加担することを認めてしまうことになる。社会主義国の対外貿易に占める途上国の割合は微々たるものだと主張する者もいる。そしてそれは真実であるが、だからといってこの種の取引のモラルのなさが消えてなくなるわけではない。

西側諸国による搾取に暗黙のうちに加担するのをやめることは社会主義国の道徳的義務だ。今のところそういった取引はわずかでしかない、という言い訳は通用しない。一九五九年、キューバが社会主義国に砂糖を売ることはまれだった。通常はイギリスやほかの国のブローカーを通じた取引だった。それが現在では、キューバの貿易の八〇パーセントが社会主義国を相手にしたものだ。キューバは必需品すべてを社会主義陣営から手に入れているし、実際にこの陣営に参加することになった。取引の増加だけが、私たちが社会主義陣営に参加した理由ではないし、旧体制の破壊と社会主義的発展の採用だけが取引増加の原因でもない。その両側面が互いに絡み合って関連している。

我々は決まったゴールを目指し、イデオロギーによりあらかじめ決められているステップを予見しながら共産主義につながる道に足を踏み入れたのではない。社会主義の真理と、帝国主義の生々しい真理が私たちを押し進め、私たちが進むべき道を示してくれたのである。自らを完全に解放するために、アジアとアフリカ人民も同じ道を選ばなければならない。彼らの社会主義がどのようなかたちに発展するにしても、遅かれ早かれ彼らもこの道をたどりはじめるだろう。

我々にとって重要なのは、ただ一つの社会主義の定義を見つけることではなく、人間による人間の搾取をなくすことだ。

それが成し遂げられないかぎり、いくら社会主義を構築しているつもりでいても、搾取が終わるかわりに搾取をなくそうとする仕事自体が停滞してしまう。それどころか、逆に搾取が拡大してしまうかもしれない。そうなってしまえば、我々は社会主義を構築している、とは言えなくなってしまう。

我々の課題は、私たちの兄弟が意図をもって搾取の完全廃絶の道を選べるように条件を整えることだ。我々が搾取に加担しているかぎり、この道を進むよう彼らを説得することなどできるはずもない。どうすれば公平な価格を実現できるのか、私たちには答えることはできない。実際にどのような問題が存在しているのか、すべてを把握できていないからだ。我々が知っているのは、政治的議論の末にソヴィエト連邦とキューバが私たちにとって有利となる協定にサインをしたという事実だけだ。その協定によると、私たちが五〇〇万トンの砂糖を売る際の価格は、いわゆる世界砂糖自由市場の価格よりも高く設定されている。中華人民共和国もまた、同じ価格で我々から砂糖を買っている。

これは始まりに過ぎない。価格設定などは必要に応じて修正されなければならない。理念の大きな変化は国際関係における序列の変化に結びつく。対外貿易は政策の決定要因になるべきではなく、人民に対する友愛政策に貢献しなければならない。

ここで、基幹産業の開発に対する長期貸し付けの問題点について、手短に考えてみたい。受益国が身の丈に合っていない産業基盤を構築しようと試みるケースを、私たちは頻繁に目にしてきた。すると製品が自国内で消費されず、国庫がリスクにさらされてしまう。

そこで、我々はこう考える。社会主義国間の投資は、国家予算から直接拠出され、製作工程から完成品まで含めてその製造品を使用して初めて回収されるのだ、と。この種の投資を発展途上国で実現する可能性を考えるべきだと、私たちは提案する。そうすることで、これまで悲惨なまでに搾取され、決して発展が許されなかった我々の大陸に潜む巨大な力を解放することができるだろう。

そのとき真の国際的分業の新たな段階が開かれる。その基盤となるのは、これまで何をしてきたかという過去の歴史ではなく、これから何ができるかという未来の歴史だ。

新たな投資を受け入れる国々は、借款や返済にわずらわされることなしに自国の資産に対する固有の権利を有することになるだろう。その一方、それらの国々は投資国に対し取り決められた数の製品を、決められた期間、決められた価格で供給する義務を負う。

この種の投資を受ける国で生じる支出をどのようにまかなうかについては、さらなる検討が必要だ。長期貸し付けに基づき発展途上国政府に商品を与えることも、外貨を必要としない救済策の一つとなりえるかもしれない。

技術の習得も、解決しなければならない難問の一つだ。発展途上国に技術者が不足していることは誰もが知っている。教育機関の数も、教師の数も十分ではない。何を必要としているのか我々自身が理解できずに、技術や文化、あるいはイデオロギーの発展に必要な政策を選んでこなかったという側面もある。

社会主義国家は技術教育機関の整備に力を貸すべきだ。その重要性をことあるごとに強調し、需要を満たすために技術者チームを派遣する必要がある。

この点はいくら強調しても足りない。我が国へやってくる技術者たちが模範とならなければならない。彼らは故郷とは違う言葉を話し、まったく異なった習慣をもつ見知らぬ環境にやってきて、多くの場合技術を敵視する人々に直面する。このような困難な使命を帯びる技術者は、何よりもまず最も深く純粋な意味において共産主義者でなければならない。この条件さえあれば、そこにほんのわずかの柔軟性と組織力が加わるだけで奇跡を起こすことができる。

私たちは、それが可能であることを知っている。なぜなら、友愛諸国が送ってくれた少数の技術者たちが、キューバの発展に一〇の教育機関よりも大きな貢献をしてくれたからだ。彼らのおかげで、一〇の大使や一〇〇の外交によるよりも強い友情が生まれた。

もし、こうしたことが実現できれば――そしてもし、発明が国家を越えて広がることを防止する現行の特許制度に制約されることなく、先進国のもつ技術のすべてを開発の遅れた国の手に届けることができれば――私たちにとって大きな前進だ。

帝国主義はすでに数多くの部分闘争で敗北を味わった。しかし、世界的にはまだかなりの勢力を保っている。我々の陣営が努力や犠牲を惜しんでいては、その打倒は望めない。

ここで提案した政策は一方通行であってはならない。社会主義国は開発の遅れた国の発展を資金的に援助すべきだ、という点で我々は同意する。しかし、そうした国もまた自らの力を集結して、新たな社会――それがどんな名を担うかはさておき、機械が労働の道具に過ぎず、人間による人間の搾取の道具ではない社会――をつくる一歩を断固として踏み出さなければならない。また、社会主義国の自信が、資本主義と社会主義を天秤にかけて、両者の競合から利を得ようとする者に利用されてもならない。この二つの社会の関係を統制する新たな、そして真剣な政策をつくる必要がある。もう一度強調しておくが、生産の手段はその国の手にあるのが好ましい。そうすることで、搾取の傷跡を次第に消し去ることが可能となる。

さらに、発展はその場しのぎのものであってはならない。新たな社会を構築する計画が必要だ。計画は社会主義の原則の一つであり、それがなければ社会主義は成り立たない。適切な計画がなければ、新時代の幕開けに必要な一国の経済のすべての分野における調和が保証できなくなる。特定の作物だけ、特定の製品または半製品だけを生産し、そのほかのものは所有していないという発展の歪みを、個々の小国の個別の問題と見なして計画をおろそかにしてはいけない。最初の段階から、計画にはある程度の地域性をもたせるべきだ。

さまざまな国の経済を結びつけ、本当に互恵的な基礎の上に成り

立つ統合をもたらすためである。

前に続く道にはたくさんの危険が潜んでいるに違いない。優れた頭脳の持ち主が思いつく、あるいは予想する遠い未来の危険ではなく、我々を取り囲む現実から生じる明らかな危機のことだ。植民地主義に対する闘いは最終段階に入った。しかし、現代の植民地政策は帝国主義支配の一つの結果に過ぎない。帝国主義は、存在するかぎり他国の支配をやめようとはしない。それが帝国主義というものだ。このような支配が、現在では新植民地主義と呼ばれている。

新植民地主義は南アメリカで生まれ、大陸全体に広がり、今ではアフリカとアジアでも勢力を増しはじめている。その広がり方と発達の度合いは地域によってそれぞれだが、非常に残忍なものの例がコンゴだ。容赦も臆面もない暴力がその最大の武器だ。一方で、よりわかりにくいかたちでの広がり方もある。政治的な独立を勝ち取った国への侵入がそれだ。その土地で生まれたばかりのブルジョワ階級と手を組んで、植民支配者の利益にくみする寄生的ブルジョワ階級を形成する。この種の発展は、人民の生活水準の一時的な上昇に基づいている。なぜなら、非常に遅れた国では封建制から資本主義へのステップは非常に大きな進歩を意味し、長期的に見た労働者への悲惨な影響は度外視されてしまうからだ。

新植民地主義はコンゴで牙をむきだしにした。しかしそれは強さではなく弱さのサインだ。経済的な要求のために、最後の手段である暴力に訴えざるを得なかったからだ。その結果、大きな反動に見舞われている。一方、アフリカのほかの国やアジア諸国ではより巧みなかたちで新植民地主義が実践されている。そこではいわば急激な南米化が進んでいる。自国の豊かさには何一つ貢献しないのに、不正に得た巨大な利益を外国の資本主義銀行に持ち出し、民衆の幸せなど気にも止めずに、より大きな利益を得るために外国と取引をする寄生的ブルジョワジーが拡大している。

問題はほかにもある。たとえば、兄弟国同士の競合である。政治的に深く結びつき、ときには地理的にも隣り合っている国同士が同じものをつくるためにそれぞれが投資を行ない、結果、増えすぎた生産量を処理できずにいる。この種の競合はエネルギーの無駄であり、このエネルギーはより有意義な経済協力に費やすことができるはずだ。また、この状況は独占支配をもくろむ帝国主義に利用されてもいる。

社会主義陣営の援助を得ることができなかった投資計画が、資本主義との協定に基づき実施されたケースも何度かあった。資本主義によるそうした投資は、融資条件が厳しいものであるだけでなく、より深刻な不利益をもたらす。たとえば危険な隣国との合弁事業の設立などだ。こうした投資はほかの国に対しても行なわれるため、経済的なライバル関係が生まれ、兄弟国間に亀裂が入りやすくなる。さらに、資本主義が常に身近にあるため、腐敗の可能性も高くなる。資本主義者は進歩や幸福のヴィジョンを用いて人民の意識を曇らせる能力に長けているからだ。

しかしいつの日か、同じような製品で飽和した市場では価格が暴落する。その影響を受けた国は、新たな借金をするか、競争力を増すためにさらなる投資を受け入れるしかない。こうした政策を続けていれば、最後には自国の経済が独占企業の手に落ち、ゆっくりとしかし確実に過去の姿へと後退してしまう。我々が思うに、唯一安全な投資とはその国が製品のただ一つの購入者となり、帝国主義者の活動を供給契約のみに制限し、彼らが家のなかに入ってくるのを許さないことである。ここでは、最も負担の少ない契約を結ぶために、帝国主義者間に存在する矛盾を利用するのは、公正であり適切なことだ。

我々は、帝国主義が直接あるいは傀儡国家を通じて行なおうとする「私心のない」経済的、文化的、そのほかの援助に用心すべきだ。そんなものは世界のほかの部分でやってもらえばいい。こうした危機の存在をあらかじめ意識しておかなければ、誠意と熱意をもって国家解放の途についたばかりの国のいくつかは、自分たちが新植民地主義のレールに乗り、独占支配を受け入れてしまっていたことに気づくのが遅れるだろう。そうした支配はゆっくりと少しずつ拡大するため、気づいたときにはすでに取り返しのつかない状態になっている。

我々には解決すべき大きな問題がある。私たちの二つの世界——社会主義国といわゆる第三世界——は大きな難問に直面している。人類とその幸福に直接関わり、我々の後進性の主な責任を負う権力に抵抗する闘争に関連した問題だ。これらの問題を目の前にして、自らの義務を、現在の状況に潜む危機を、発展には犠牲が必要だという事実を自覚している国々と人民は、経済と政治の両分野における私たちの友情が決して壊れないようにするための具体的な一歩を踏まなければならない。そして、強固な大陣営を組織し、新たに生まれた国々を政治的にも経済的にも帝国主義の圧力から解放する手助けをすべきだ。

圧制者の政治権力からの武力解放の問題は、プロレタリア国際主義のルールにしたがって取り扱うべきだろう。戦時下の社会主義国では、製造した戦車を前線に送る前に支払いの保証を要求する工場長など想像すらできない。同じように、解放のために闘っている人々、自由を守るために武器を必要としている人々に支払いの保証を求めるのもばかげている。

我々の世界では武器は商品ではない。共通の敵を相手に闘う民衆に、無料で必要なだけ手渡すべきだ。

ソヴィエト連邦と中華人民共和国もこの精神をもって我々に軍事援助を申し出てくれた。我々は社会主義者だ。我々はこれら兵器を適切に使うことを保証する。しかし、キューバだけでなく、私たち全員が同じ扱いを受ける必要がある。

アメリカ帝国主義によるヴェトナムやコンゴへの悪辣な攻撃に対応するため、私たちは彼らが必要とするすべての防衛手段を提供し、無条件の団結を示さなければならない。

経済分野では、可能なかぎり先進的な技術を開発する道を進むべきだ。封建制から原子力とオートメーションの時代へ続く長いステップをたどることはできない。巨大で無意味な犠牲を生むだけだ。我々は現代のレベルの技術をスタートラインとしなければならない。技術分野で大きく前進することで、最先進国と我々のあいだのギャップが小さくなる。技術は大規模工場と農業の適切な発展に利用するのが道理だ。その土台となるのが技術とイデオロギーの教育だ。それぞれの国で十分な規模と意欲をもって研究機関を維持し、現行技術を利用し、最新技術を習得する人々を育てる必要がある。

これらのカードル（幹部）は、自分たちの社会に奉仕する義務をしっかりと意識していなければならない。私たちの国々の多くは、イデオロギー教育なしに適切な技術教育を行なうことはできない。現代社会の発展度の尺度となる産業基盤も十分に形成されない。最も基本的な消費財も十分な学校教育もありえない。

国家収入のかなりの部分を非生産的投資、つま

り教育に使うべきだ。そして、農業の生産性の向上を最優先事項とする。農業の生産性は多くの資本主義国において信じられないほどのレベルに達し、無意味な過剰生産問題を引き起こしている。先進国では穀物やほかの食料、あるいは工業資源が余っている。その一方で、世界のほかの部分は飢えに苦しんでいるのだ。これらの国々には全世界が必要としている量の数倍の食料をつくれるだけの土地と労働者が存在しているというのに。

農業は我々の発展の主な柱となるものである。そのため、労働の多くを農業構造の変革と、新しい技術の習得と、労働者搾取の廃絶の義務化に費やすべきだろう。取り返しのつかないダメージを引き起こす可能性のある意志決定を行なうときには、前もって国土を慎重に調査する必要がある。これが経済調査の第一歩となり、正しい計画を立てるための基礎となる。

私たちの関係を制度化しようというアルジェリアの提案を我々は支持する。ここで、いくつか補足的な提案をしたい。

第一に、私たちの連合が反帝国主義闘争における道具となるためには、ラテンアメリカ諸国との協力と社会主義諸国との同盟が不可欠である。

第二に、我々は連合の革命的性格の維持に努めなければならない。人民全体の願望を反映していない政府や運動が連合に加わるのを阻止し、公正な道を踏み外した政府や運動を連合から切り離す仕組みをつくる必要がある。

第三に、我々の国々と資本主義国家との対等な関係を新たに構築し、紛争の際に我々を守る革命的法体系をつくりあげ、我々と世界の関係に新たな意味を与えることを提唱する。

我々が話すのは革命の言葉であり、我々は勝利のために誠実に闘う。しかし、帝国主義国家間の衝突の結果としてつくられた国際法の網に抵触することも多い。しかし、これらは自由な人々、公正な人々が闘争の末につくりだした法ではない。

たとえば、キューバ人民は自国領内につくられた外国軍基地による圧迫に苦しんでいるし、彼らは莫大な対外債務の重みに耐えなければならない。そうなるにいたった背景は誰もが知っている。傀儡政権、すなわち長期にわたる解放闘争や資本主義市場の法に基づく活動により弱体化した政府は、国の安定性を脅かす条約の成立を許し、人々の未来を危機にさらしてしまったからだ。今こそ束縛を解き、過酷な対外債務の見直しを要求し、帝国主義者たちに彼らの侵略基地を放棄するよう強いるときである。

演説を終えるにあたって、ここに集まっているみなさんに指摘しておきたい事実がある。ラテンアメリカにはキューバだけが国として存在しているのではない。キューバは、今日みなさんの前で話をする機会を与えられた唯一の国家に過ぎない。ほかの国の民たちは、我々が獲得した権利を勝ち取るために今も血を流している。我々がここから、あるいはそれがどこで開催されていようともあらゆる会議の席上から、ヴェトナムの、ラオスの、通称ポルトガル領ギニアの、南アフリカの、あるいはパレスチナの英雄たちに——解放のために闘う、搾取されている国々の人々に——友情の言葉を贈るのなら、同時に我々はその言葉を、この両腕を、激励を、ベネズエラで、グアテマラで、コロンビアで、今も武器を手にとって帝国主義の敵に立ち向かっている兄弟たちにも差し出さなければならない。

最も英雄的な自由都市の一つであるアルジェほど、この宣言をするに適した場所はほとんどない。親愛なる同志アフメド・ベン・ベラ率いる党の断固たるリーダーシップのもと、独立のために苦しみ抜いた気高いアルジェの人々が、世界帝国主義に対する無慈悲な闘争における我々のよき手本となることを願っている。

CHE GUEVARA SPEAKS 16

INTERVIEW WITH "LIBERATION"

『リベラシオン』誌インタビュー

一九六五年三月一四日、ゲバラはアルジェリアを去り、キューバへの帰途についた。出発前、モロッコ・カサブランカの週刊誌『リベラシオン』のブワレム・ルワシがインタビューを行なっている。記事は三月一七日〜二三日号に掲載された。

質問　大臣、アジア・アフリカ人民連帯機構の会議に正式メンバーとしてキューバが参加したのは今回が初めてでした。最初の質問ですが、この組織をラテンアメリカにまで広げる可能性について、どうお考えですか？

回答　アジア・アフリカ人民連帯機構を拡大し、ラテンアメリカを含めるのは簡単なことだと思います。その方法を問うのは重要ではありません。本当の問題は、ラテンアメリカには帝国主義に立ち向かう政府がほとんど存在しないことです。大衆を巻き込む運動を起こす必要があります。しかし、大衆運動を掲げながら、実際には大衆運動でないものがたくさんあります。いずれにせよ、アジア・アフリカ人民連帯機構の事務局はすでに、いくつかの具体的な提案を作成しています。

質問　今回アフリカを旅した目的と、そこで得たアフリカにおける新植民地主義との闘いの必要性に関する印象をお話しください。

回答　アフリカ旅行の目的は、キューバとアフリカ諸国の結びつきをより強固なものにすることにありました。キューバ革命について説明すると同時に、多くを学ぶことができました。

新植民地主義に対する闘争は、反帝国主義闘争の一つのかたちだと私は考えています。

反新植民地主義闘争と反帝国主義闘争は戦術的な観点から分けて考えられていますが、そのどちらも同じ敵に対抗する同じ闘争であることを忘れてはなりません。本来、異なった特徴をもつ国であるにもかかわらず、帝国主義諸国はアメリカ合衆国のリーダーシップのもと、アフリカの未来にとって重大な問題に直面しているコンゴやほかの場所で一つにまとまっています。これが新植民地主義諸国に対する闘争と、帝国主義に対する一般的な闘争を切り離しては考えられない理由です。

そこで、次のようなシナリオが考えられます。

革新的な国々が一つの陣営を構成し、コンゴでアメリカ帝国主義に立ち向かう。そして、そこで勝利をつかんだあと、侵略拠点をもつ新植民地主義諸国に対する闘いを繰り広げる、というものです（もちろん、軍事闘争のことを言っているのではありません）。もう一つのシナリオは、状況を流動的なまま放置し、アメリカ人にほかの弱小国への攻撃を許す、というものです（ブルンジ首相の暗殺などを教訓にする必要があります）。この場合、革新的な国々は、コンゴで始まったアメリカの侵攻に対し反撃を仕掛ける時点ですでに部分的に分断されていることでしょう。

要するに、**コンゴにおける闘いはアフリカ諸国にとって前進か後退かを決定する歴史的な意味があるのです。**アフリカにとって、コンゴにおける勝利が、つまり民族の解放が社会主義建設への道を切り開き、コンゴで敗北すれば、新植民地主義の道が開くことになる。社会主義か新植民地主義か。アフリカ全土の運命がコンゴでの結末にかかっているのです。

質問　アフリカの国々の多くが、バティスタ政権下のキューバを彷彿とさせる帝国主義の支配下にあります。キューバの状況にどのような特徴的な要素があったため革命が起こったのでしょうか?

回答　おっしゃるとおり、バティスタ政権下のキューバの状況はアフリカ諸国の置かれた状況と似ていました。具体的に言うと、キューバは新植民地主義に支配された国で、民族ブルジョワジーが幅をきかせていました。この意味では、キューバでは革命の機が熟していたのです。しかし一方で、ほかのラテンアメリカの国々と客観的に比較してキューバだけが特別に機が熟していたわけではありません。グアテマラやアルゼンチンのほうがより熟していたと言えるでしょう。

しかし、ここでいちばん大切なのは「客観的な条件」ではなく、主観的な条件です。とどのつまり、革命運動に向かう決意です。

革命はリンゴではない。熟したから落ちる、というものではないのです! あなたが落とさなければなりません。

それこそが私たちの、とりわけフィデル・カストロの役割でした。

質問　キューバ革命は「例外的な現象」だったと見なされることがありますが。

回答　私の意見では、一つだけ例外的な現象がありました。ある男の存在です。彼は独断的な考えに陥らず、ただ「待つ」だけをよしともせず、革命軍に広がっていた敗北者主義に逆らい、前を見つめ、人民に進むべき道を示し、武力闘争では革命の先陣を切り、現在では社会主義建設の指揮を執っています。その人物の名を挙げる必要はないでしょう！

しかし、問題は提起されたままです。フィデル・カストロは革命に不可欠だったのか？　キューバ革命にとっては、人民に道を示し、彼がやろうとしたことが実際に可能であることを証明するためにフィデル・カストロが必要だったのかもしれません。しかし、**もしフィデル・カストロが我々の革命に不可欠だったとしても、ほかの革命にさらなるフィデルは必要ではありません！**

昨日までの革新的な運動はルーペを手に「客観的条件」と主観的条件が一致し、革命が発生する瞬間を探し回っていました。しかし、一度も見つけることができなかった！

今日、違う危険が生じています――まったく同じルーペを使ってフィデル・カストロを探そうとすることです！

その結果、見失われてしまうものは小さくありません。革命家が最初に身につけなければならないものが失われてしまいます。政治権力です。

政治権力を手に入れないかぎり、革命家は何もできません。

SOCIALISM AND MAN IN CUBA

CHE GUEVARA SPEAKS 17

キューバの社会主義と人間

ウルグアイのモンテビデオで出版されている過激派週刊誌『マルチャ』の編集長カルロス・キジャーノへ宛てた手紙のかたちで、ゲバラは『キューバの社会主義と人の研究に関する覚え書』をしたためている。「ハバナ、一九六五年」と日付が記されている。『マルチャ』に加え、キューバ軍機関誌『ベルデ・オリーボ』にも掲載された。その全文を収録する。

親愛なる同志

遅ればせながら、アフリカを旅しながら私はこの原稿を書き上げている。これで約束を果たせると願っている。そのために、タイトルに挙げたテーマについて考えを述べたいと思う。ウルグアイの読者も関心があるテーマだろう。

社会主義に対抗するイデオロギー闘争において、資本主義スポークスマンの口から出てくる共通の主張は、社会主義あるいは我々が足を踏み入れた社会主義建設期の特徴は国家のために個人を犠牲にすることにある、というものである。私はこの主張をただ理論的に否定するのではなく、キューバに存在する事実を示し、一般的なコメントを付け加えたいと思う。まず、権力掌握の前後にわたる革命闘争の歴史を大まかに振り返ってみたい。

周知のとおり、一九五九年の一月に終わりを迎えた革命闘争が始まったのは一九五三年七月二六日のことだった。その日の朝、フィデル・カストロ率いるグループがオリエンテ州にあったモンカダ兵営を攻撃する。この攻撃は失敗し、大惨事に終わった。生き残った者は監獄に入れられたが、のちに恩赦により釈放され、再び革命闘争を開始した。

社会主義の芽が出はじめたばかりのこの時期、メンバーの一人ひとりがとても重要であった。我々は彼らの一人ひとりを名字と名前をもった特別な個人として信頼し、作戦の成功と失敗は各自の能力にかかっていた。

その後、ゲリラ闘争が始まる。ゲリラ闘争は二つの異なった環境で拡大していった。一つは人民である。まだ眠れる集団だった彼らを動かす必要があった。もう一つは前衛たるゲリラ戦闘員である。蜂起の原動力であり、革命意識と戦闘熱意の源となった。この前衛が媒体となり、勝利に必要な主観的条件をつくりだしたのだ。

ここでもまた、我々のプロレタリア思想と、我々の気質と精神に生じた革命の枠組みの基礎をなすのが個人だった。革命軍の上位階級に就いたシエラ・マエストラの戦闘員の一人ひとりが、すでに素晴らしい偉業を成し遂げていた。だからこそ、彼らは上位階級を手に入れたのである。これが最初の英雄的時期であり、彼らは張り合って重責を担い、大きな危険に挑んだ。義務を全うすることほど、彼らを満足させるものはほかになかった。

革命教育の際、我々は繰り返しこの有益なテーマに触れることにしている。我々の戦闘員の姿勢を見れば、未来の人間のあるべき姿を垣間見ることができるだろう。

我が国の歴史では、革命的な目標に対する完全な献身行為がほかの機会にも繰り返されてきた。［一九六二年］一〇月の［ミサイル］危機のころやハリケーン「フローラ」による災害時にも、全国民による極めて勇敢で献身的な行為を我々は目撃した。イデオロギーの観点から見た場合、この英雄的態度を日常の生活でも保ち続ける方法を見つけることが、我々がやらなければならない基本的な仕事の一つだ。

一九五九年一月に革命政府が樹立されたが、そこには不誠実なブルジョワ階級のメンバーが複数参加していた。そうしたなかで権力を支える役目を担ったのは、強力な反乱軍の存在だった。その後すぐに深刻な矛盾が現れはじめた。これらの矛盾を解消するため、一九五九年二月にフィデル・カストロが政府の指揮権を握り、首相の座に就いた。このプロセスは同じ年の七月に、大衆の圧力に屈したかたちでウルティア大統領が辞任したことで幕を閉じる。

キューバ革命の歴史のなかで、この時期にある存在が生まれる。明確な特徴をもち、これからも幾度となく再生するであろう存在、すなわち大衆だ。

羊の群れのように同じ特徴をもった（あるいは支配者により同じ特徴をもつように抑圧された）個の寄せ集めだと言われることが多いが、大衆は多面的な存在だ。確かに、大衆はためらうことなく指導者、基本的にはフィデル・カストロにしたがうだろう。しかしフィデルは、人民の欲求と願望を余すことなく理解し、彼がした約束を果たすために誠実に闘ったからこそ大衆の信頼を勝ちえたのだ。

大衆は農地改革と国営企業の管理という困難な仕事に携わった。プラヤ・ヒロン（ピッグス湾）侵攻事件における英雄的な経験を共有した。ＣＩＡの援助により武装したさまざまな敵集団に対する戦闘を通じて強くなった。一〇月危機という現代社会における最も重要な決断の一つを生き残った。そして今も社会主義建設のために働き続けている。

表面的に見ると、個人が国家に服従していると言う人々の意見が正しいように見えるかもしれない。大衆は、政府が決めた課題を比類なき熱意と規律をもって実行する。経済、文化、防衛、スポーツなどあらゆる分野で、だ。

通常はフィデルやほかの上級指導者が計画を立てて説明し、人民が自分たちの力で実現する。ときには党と政府がほかの地域での経験を例に取り、それを一般化して人民に伝え、実行をうながす。

それでも、国家がミスをすることもある。そうしたミスが起こった場合、大衆を構成する各個人の熱意が減り、その結果として集団的な熱意が低下する。そして労働が停滞、やがて取るに足らない水準に落ち込む。そうなれば矯正が必要になる。それが起こったのが一九六二年三月だ。アニバル・エスカランテにより党に押しつけられた分派的な政策が引き起こしたものだ。

こうしたメカニズムでは、一連の有益な政策を確実に実行し続けることができないのは明らかだ。したがって、より系統化された大衆との結びつきが必要とされている。大衆とのつながりを、我々はこれからの数年で改善しなければならない。しかし、政府上層部に由来する政策だけを見るかぎり、今のところ我々は直面する大問題に対する大衆の反応を直感的に理解しようとしている。

この点では、フィデルは達人だ。彼の行動を見れば、彼が大衆と心を一つにする能力に特に秀でていることがわかる。国民大会などで、それぞれ異なった主張をもつ二つのグループが放つバイブレーションが合わさり、新しいサウンドが生まれる瞬間を観察することができる。

フィデルと大衆が過熱する対話を通じて共鳴しあい、そこから突然に結論が生まれ、闘争と勝利を叫

ぶ声があたりに充満する。

個人と大衆のあいだで生まれるこの弁証法的団結――そこでは両者が相関し、同時に個人の集まりである大衆がその指導者たちと相互に作用する――は、革命を経験したことがない者にとっては理解が難しいだろう。

同様の現象は資本主義でも観察できることがある。大衆の意見を集結できる政治家が現れたときだ。しかし、それが本物の社会運動でない場合――もしそれが本物の社会運動であるなら、その政治家を真の意味で資本主義者だとは呼べなくなってしまうのだが――そうした政治家は彼らを鼓舞する個人がいなくなれば、あるいは資本主義社会の残酷さが大衆の幻想に終止符を打てば、力を失ってしまう。

資本主義社会では、人間は自らの理解を超える無慈悲な法則によってコントロールされている。

疎外された個々の人間は目に見えないへその緒で社会全体に結びついている。価値の法則がそのへその緒だ。この法則が彼の人生のあらゆる側面につきまとい、彼の進路と運命をかたちづくる。

資本主義の法則はあいまいで、普通の人の目には見えないが、誰も気づかないうちに個人に影響を及ぼしている。彼の目の前には無限と思われる地平線が大きく広がっている。それは資本主義のプロパガンダを垂れ流す者たちが、ロックフェラーを例にあげて――それが真実かどうかはともかく――成功の教訓として描き出す風景だ。ロックフェラーの出現が引き起こした大きな貧困や苦しみ、膨大な富を集めるために行なわれた悪行の数々が描かれることはない。そうした事実を人々の前にはっきりと示すことは、我々にとって容易なことではない。

(この文脈において、従属国における搾取の複雑さのせいで、帝国主義諸国の労働者たちが次第にプロレタリア国際主義の精神を失っていること、そのため同時に帝国主義諸国の大衆の闘争意志が弱まっていることにも言及したいところだが、それは本稿の目的を超えるテーマである)

いずれにせよ、成功への道は危険をはらんでいる。有能な者なら乗り越えられそうに見えても、その報酬までの距離は遠く、道のりは孤独だ。それに、それはオオカミ同士の競い合いでもある。他人の失敗を利用できる者だけが勝つ。

ここで「個人」という、この奇妙でそして感動的でもある社会主義建設物語の登場人物を定義し、その唯一無二の存在でもあり、同時に社会の構成員でもあるという二つの役割について説明したい。

まずは、その不完全さ、未完成な存在としての性質を認めることから始めよう。個人の意識には過去の遺産が現在も根づいている。これを根絶やしにするにはたゆまぬ努力が必要だ。このプロセスには二つの側面がある。社会が直接的あるいは間接的に教育するのが一つ。個人自身が意識して行なう自己教育がもう一つだ。

形成しつつある新しい社会は、徹底的に過去と向き合わなければならない。過去は個人の意識——そこでは個人の孤立を目指した組織的教育の残留物がまだ大きな比重を占めている——のなかだけに姿を現すのではなく、商品取引関係がまだ残っているという移行期の特徴もまた、過去の記憶をよみがえらせる要因となる。商品は資本主義経済の細胞だ。それがあるかぎり、生産組織において、そして最終的には意識のなかで、その存在が感じ続けられる。

マルクスはこの移行期を、自らの矛盾により破壊された資本主義システムの爆発的な転換に起因していると説明した。しかしながら、歴史を通じて我々はレーニンが予見したように、帝国主義という樹木のか細い枝をなしていたいくつかの国が真っ先に折れ落ちるのを目のあたりにしてきた。

これらの国では、人々がさまざまな点でその影響を感じられるほど資本主義は十分に発展していた。しかし、あらゆる対策を施したにもかかわらず、システムは爆発した。その原因となったのは資本主義が内部に抱えている矛盾ではなかった。外国の圧制者に対する解放闘争、戦争などの外国での出来事により引き起こされた（特権階級が搾取される者に押しつける）苦しみ、新植民地支配の転覆を目指した解放運動——これらこそが、そのような爆発を引き起こす要因である。そして、残りの作業は意識的な行動による。

　これらの国々では、社会的労働の完全な教育が行なわれていないし、富は単なる私有化のプロセスだけでは大衆の手に届かない。一方では開発が遅れ、もう一方では「文明国」へ資本が飛んでいく。これでは多くの犠牲なしに迅速な移行など不可能だ。そのため、経済基盤を整えるには長い道のりが必要となり、発展を加速するてことしての物質的刺激という古くからの道に足を踏み入れる誘惑が非常に強くなる。

木を見て森を見ない危険がそこにはある。

資本主義が残していった刃の欠けた道具（経済の核としての商品、利潤、てことしての個人の物欲など）を使って社会主義を達成する、といった幻想は袋小路につながる。たくさんの交差点を通過し、長い距離を歩いたあと、結局は壁に突き当たるだろう。そうなってしまえば、どこで道を間違えたのか理解するのは難しい。そのあいだに、足元に敷かれた経済基盤が意識の改革をむしばんでしまっている。共産主義を建設するには、新たな物質的基盤とともに新たな人間をつくることが不可欠なのだ。

だからこそ、大衆を動員するための手段は正しく選択することが非常に重要となる。基本的に、この手段は道徳的でなければならないが、(特に社会的な性質をもつ) 物質的刺激の適切な利用の可能性を無視すべきではない。

すでに述べたように、大きな危機に直面しているときには、道徳的刺激に対し力強く呼応するのは容易である。しかし、その効果を維持するには、新たな価値の尺度をもつ意識を発展させる必要がある。社会全体が一つの大きな学校にならなければならない。

大まかに言うと、この現象は資本主義の意識が芽生えはじめたころのプロセスに似ている。資本主義は暴力を行使するが、それだけでなく体系内の人々の教育も怠らない。神を起源とする理論や機械的な自然法則理論などを用いて、階級社会の必然性を説く任務を託された者たちが直接にプロパガンダを広めている。これが大衆を落ち着かせる。なぜなら、彼らはどうにも逆らえない悪に抑圧された存在として自分たちを認識するからだ。

続けて、向上への希望が生じる。この点で、資本主義は以前の出口のない身分制度と異なっている。一部の人々は、今後も身分制度の原則から影響を受け続けるだろう。古い信仰によると、正しい生き方をした人々は服従の報酬として死後に素晴らしい世界へ導かれる。ほかの人々は新しい考えを受け入れる。個人がどの階級に属するかは運命で決まっているが、労働や活動などを通じてさらに上の階級に上ることができるのだ。このプロセスは、そして**才覚があれば誰もが出世できるという神話は、極めて偽善的だ。**嘘を真実に変えようとする自己中心的な努力でしかない。

我々にとっては、直接的な教育のほうがより重要な意義を担っている。教育で語られる言葉は真実であるため、説得力がある。ごまかしの言葉など必要ない。教育省や党情報局といった国の教育機関が一般教養、技術、イデオロギーの教育に携わる。教育は大衆に定着するため、新たな態度が身につきやすい。大衆はそれを自分のものとし、まだ教育されていない人々に影響を及ぼすようになる。ここからは間接的な教育のかたちと言えるが、直接的な教育と同様に強力だ。

しかし、これは意図的なプロセスだ。個人は新たな社会勢力の影響を自覚し、その基準を自分が完全には満たしていないことを感じ続けるだろう。間接教育の圧力の下、個人はこれでいいと思えるまで社会に順応しようと努力を続け、それができないときには自分の発展がまだ足りないと理解する。つまり、自分で自分を教育するのだ。

社会主義建設のこの時期に、我々は新たな人類の誕生を目撃することができる。しかし、それは完成形ではない。完成などありえない。なぜなら、このプロセスは新たな経済形態の発展に伴って、ずっと続いていくからだ。

教育が欠如しているために孤独な道を選び、自分だけの個人的な願望を満たそうとする人々は別として、一致団結した行進のなかに身を置きながらも、まわりの大衆からは少し距離を置いて歩く傾向をもつ者もいる。しかし、ここで大切なのは、社会と結びつくことの必要性を、そして社会の駆動力としての自らの重要性を日増しに意識していくことだ。

彼らは遠くにある願望を目指して足を踏み外した孤独な旅人ではない。彼らは前衛、すなわち党と先進的な労働者、つまり大衆と密に団結しながら先頭に立って進む人々のあとを追う存在だ。前衛は未来と、未来がもたらす報いを目指すが、その報いとは個人的な報酬のヴィジョンではない。彼らの目指す報酬は、今とは異なった特徴をもつ人々で成り立つ新しい社会、共産主義者の社会だ。

その道は長く険しい。時には道を見失うことも、後戻りする必要もあるだろう。先を急ぎすぎて、大衆から遠く離れてしまうこともあるかもしれない。歩みが鈍り、背後から迫ってくる者の熱い息づかいを感じることもあるに違いない。我々は革命家としての熱意をもって、できるだけ速く前進し、道を切り開いていくつもりだ。しかし、我々には糧としての大衆が必要だし、我々が手本を示して彼らを鼓舞しないことには彼らもこれまで以上に迅速に前進できないこともわかっている。

道徳的刺激に与えられた重要性にもかかわらず、今も二つの大グループ（もちろん何らかの理由で社会主義の建設に参加しない少数派は除く）が分かれて存在しているという事実は、社会的意識の発展がまだ足りていないことを示している。前衛グループが思想的に大衆よりも前を進み、大衆は新しい価値を理解はしているが、その理解はまだ十分ではない。前者は前衛部隊として自己を犠牲にする心構えができているが、大衆は全体像が見えていないため、ある程度の強さの刺激や圧力を必要としている。この圧力こそがプロレタリア独裁というものであり、これは打倒された階級に対してだけでなく、勝利した階級の者たちにも作用する。

これらすべては、完全な成功のためには一連の仕組みや革命的機関が必要であることを意味している。未来に向かって前進する大衆のイメージに加え、路線とステップと制約と潤滑なメカニズムを一つに調和させる制度の概念も備えなければならない。前進をうながし、先駆者たる使命を担う人々の無理のない選択を容易にし、自らの義務を満たした者に報酬を授け、建設途上の社会に対し罪を犯した者を処罰するメカニズムのことだ。

革命の制度化はまだ終わっていない。我々は、政府と共同体が完全に一体となることが可能な新しい何かを、社会主義建設という特殊な条件に合致する何かを探している。その際、ブルジョワ民主主義の陳腐な制度——たとえば議会など——を新しい社会に持ち込むのはできるかぎり避けようとしている。

革命を段階的に制度化する試みはすでにいくつか行なわれているが、スピードが足りていない。その際、最も大きなブレーキとなっているのは我々の不安である。

制度化により我々と大衆や個人との距離が広がってしまうのではないか、疎外からの解放という最も重要な革命の目的を見失ってしまうのではないか、といった不安だ。

制度が欠如している状況はこれから次第に克服されていかなければならないにもかかわらず、大衆は現在すでに同じ目的をもって闘う個人戦闘員の集団として歴史を塗り替えようとしている。一見、規格化されているように見えても、社会主義下の人間はより完全だ。仕組みはまだ完璧でないにもかかわらず、社会有機体の内部では、人が自分自身を表現し、自分自身を感じるチャンスは計り知れないほど大きい。

人間は、個人としても集団としても、管理と生産のメカニズムに意識的にもっと深く関与し、技術およびイデオロギー教育の必要性を理解しなければならない。そうすることで、これらのプロセスが密接に依存しあい、並行して発展しているのがわかるだろう。そうすれば、人は自分が社会的存在であることを完全に意識できるようになる。これは疎外から解放され、彼が一人の人間として完全な認識にいたったことを意味している。

具体的な結果として、彼は解放された労働を通じて自身の真の本質を再獲得し、文化と芸術を通じて彼自身の人間の条件を表現する。

そのような発展のためにはまず、労働に新しい地位が付与されなければならない。商品としての人間を消滅させ、人々の担う社会的義務の達成ノルマを設定するシステムを構築する。これは、生産手段が社会に帰属し、機械は義務を遂行する最前線としての役割しかもたないということを意味している。

人間は動物的な欲求を満たすために働かなければならないというわずらわしい事実から思考を解放しはじめる。

労働に自分が反映されると見なし、つくりだしたものと達成した課題を通じて人間としての自分の能力を完全に理解するようになる。労働はもはや、圧力に屈して自己の一部を労働力として売り払い他人に手渡すことを意味するのではなく、自己表現を、共同生活への貢献、社会的義務の達成を表しているのだ。

我々は、労働に社会的義務という新たな地位を与えるために、可能なことはすべて行なっている。そして労働を一方では、より大きな自由の条件を整えるための技術の発展に、もう一方では、人は自分の肉体を商品として売ることを強いられることなしに生産したときに初めて本当に人間の条件を満たすことができるとするマルクス主義の考え方に基づく自発的労働に結びつけようとしている。

もちろん、たとえそれが自発的なものだとしても、労働には強制的な側面がある。人はまだ身のまわりの強要のすべてを社会的な性質をもつ条件反射に変換しきってはいないし、多くの場合、いまだに周囲の圧力に押されて生産している(フィデルはこれを道徳的強制と呼んでいる)。必要なのは、自分の労働に対する態度を精神的に完全に刷新し、社会的環境からの直接的な圧力から自由になり、労働を自分の新たな習慣に結びつけることだ。それが共産主義というものだ。

意識の変化は自動的に起こったりしない。経済の変化が自動的に生じないのと同じだ。

変化はゆっくりと進み、ペースも一定ではない。加速するときもあれば、減速するときも、後退するときもある。

さらに忘れてはならないのは、我々がいま経験しているのは、すでに指摘したように、マルクスが『ゴータ綱領批判』で想定したような純粋な移行期ではないという事実だ。むしろ、マルクスが予想していなかった新しい段階と言えるだろう。共産主義への移行の、もしくは社会主義建設の最初期だ。この最初期は暴力的な階級闘争のまっただなかにあり、資本主義の要素が含まれるため、その本質を完全に理解するのは困難だ。

マルクス主義哲学の発展を遅らせ、政治経済がまだ発達していない移行期の体系的な扱いを妨げてきた教義への固執が加わると、我々はまだ赤子に等しく、経済や政治に関する大きな理論について考えるより先に、まずは移行期の根本的な特徴について知る努力を惜しまない必要があることを認めざるをえない。

その結果生まれる理論は、新たな人間の教育と技術の発展という社会主義の二本の柱を強調するものになるに違いない。その両方においてやるべきことがまだたくさん残っているが、基礎となる技術面が立ち遅れることは許されない。なぜなら、技術はやみくもに発展させればいいものではなく、世界の先進国が切り開いた長い道をたどっていかなければならないからだ。だからこそフィデルは、キューバ人民、特に前衛たちに技術と科学のトレーニングを施すのが必要だと、ことあるごとに強調するのだ。

生産を含む活動以外の分野では、物質と精神の必要性は分離していることが容易に理解できる。

人はこれまでずっと文化と芸術を通じて疎外

から自らを解放しようとしてきた。商品として機能する八時間以上ものあいだ、人は毎日死んでいる。それが終わってから精神的な創造という意味で彼は命を吹き返す。しかし、この治療薬にもまた同じ病の病原菌が潜んでいる。世界との調和を求める孤独な人物、という病だ。彼は環境により抑圧されている個人としての人格を防衛し、色あせない大志を抱く個の存在として美的思想に反応する。

しかしそれは逃避にほかならない。価値法則は、もはや生産関係の単純な反映ではない。独占資本主義者たちは――純粋に経験学的方法を用いながらも――価値法則を複雑な足場で取り囲み、従順な下僕に変えてしまった。上部構造が求める芸術は、その分野で教育を受けた芸術家によるものでなければならない。反乱者は機械により制圧され、例外的に秀でた才能をもつ者だけが自分の作品をつくることができる。残りの者は金のために働く恥さらしになるか、押しつぶされてしまう。

自由をうたう芸術的探求のための学校がつくられるが、この「探求」には限界がある。限界に直面するまで、つまり人間とその疎外の問題が生じるまで、我々はその存在に気づかない。結果、無意味な苦悩や下品な娯楽が人の不安の便利なはけ口となる。芸術を抵抗の武器として使うという思想は排除される。

ゲームのルールに沿って行動する者は称賛を得るが、それは曲芸をする猿が得る称賛と同じだ。それは、目に見えない檻から逃げようとしても逃げられないような状況といえる。

革命が権力を掌握したとき、それまで飼いならされていた者たちは大量に国外へ出ていった。ほかの者たちは、革命家であったか否かに関係なく、新しい道を見つけた。芸術的探求は新たな刺激を得たが、しかし、その進路はすでに多かれ少なかれ敷かれていたし、「自由」という言葉の裏には現実逃避的な考えが潜んでいた。このような態度は革命家のなかにも見ることができるが、それは彼らの意識の中のブルジョワ観念論の反映なのである。

同様のプロセスを経験した国では、こうした傾向を極端な教条主義で駆逐しようとした。一般的な文化は事実上タブーとなり、自然を正確に写し取ったものが文化的向上心の極致だと見なされた。これがのちに、自分たちが見せたいと願う社会的現実、つまり自分たちがつくろうとした、矛盾も対立もない理想的な社会の機械的な表現に変わっていった。

社会主義は若く、誤ることもある。我々革命家は、従来のものとは異なる方法を用いて――従来の方法は、それらがつくられた社会の影響を受けすぎているからだ――新たな人類をつくるという課題を成し遂げるには、知識も知性も不足している（ここでもまた、形と中身の関係という問題が突きつけられる）。混乱が広がっているうえ、我々は社会建設の物質的側面にわずらわされてもいる。偉大な芸術家であり、同時に偉大な革命家でもある人物は存在しない。党はこの課題に着手し、人民の教育という主目的を達成する方法を探さなければならない。

そこで求められるのが、誰にでも木っ端役人でも理解できる単純なものだ。真の芸術的探求は終わりを告げ、全般的な文化の問題は現在の社会主義において生まれたものと過去の死んだ体制下でつくられたもの（したがって危険なものではない）で構成されるかたちへと還元される。つまり、前世紀の芸術の上に社会主義リアリズムが成立するのである。

しかし、一九世紀の写実的芸術もまた階級的要素を含んでいて、疎外された人間の苦悩を描く二〇世紀の退廃芸術よりも、おそらくより純粋に資本主義的だ。

文化の分野において、資本主義はありとあらゆることをやってきたが、生き残ったのは死体の腐臭、現代の退廃芸術だけだ。

だが、なぜ社会主義リアリズムの凍りついたかたちのなかにばかり、有効な処方箋を探さなければならないのだろうか？　「自由」を社会主義リアリズムの対極に据えることはできない。なぜなら前者はまだ存在していないし、新たな社会が完成するまで存在することはないだろうからだ。しかし、リアリズム至上主義の玉座に座り、一九世紀前半以降のすべてのかたちの芸術を居丈高に非難するようなことはすべきではない。そんなことをすれば、我々は過去に逆戻りするというプルードンと同じ過ちを犯してしまい、成長中のあるいはこれから生まれる人々の芸術表現に拘束服を着せることになってしまう。

必要なのは、自由な探求と、国家補助金で肥沃にされた土壌で繁殖する雑草の駆除の両方を可能にするイデオロギー的文化的メカニズムの構築だ。

我が国では、機械的リアリズムの誤りは起こっていない。むしろその逆の誤りが見られる。その理由は、新しい人間、一九世紀の思想も、今日の退廃し病んだ世紀の思想も体現しない新しい人類を創造する必要性がまだ理解されていないからだ。

我々が創造しなければならないのは二〇世紀の人類である。ただし、これはまだ主観的な願望であり、そのための制度が確立しているわけではない。これは間違いなく、我々の学術および労働の中心的目標の一つである。理論に基づき達成する具体的な成功――あるいはその逆に、研究から導き出される理論的な結論の特徴――の程度に応じて、我々は人類のためにマルクス・レーニン主義に価値ある貢献をすることができるだろう。

一九世紀の人間に反動することで、我々は二〇

これは大きな誤りではないが、修正主義につけいるすきを与えないためにも、我々はこの過ちを克服しなければならない。

世紀の退廃に逆戻りした。

偉大な大衆というものは発展をやめないものだ。新しいアイデアは社会において勢いを増している。社会のメンバー全員の団結した発展を可能とする物質的な可能性があれば、この課題はより実り豊かになるだろう。現在は闘争の時であるが、未来は我々のものだ。

要するに、多くの芸術家と知識人の誤りは、彼らの本来の罪のなかにある。彼らは本物の革命家ではない、という罪だ。我々は、いつか梨の実をつけるようにニレの木を改良してみるのはかまわないが、同時に梨の木を植えておくべきだ。いつか、原罪から解放された新たな世代が生まれるだろう。文化の領域と表現の可能性が広がれば広がるほど、偉大な芸術家が現れる可能性も高くなる。

我々の課題は、今の世代の人々を矛盾に引き裂かれ道を踏み外すことから守り、彼らが新しい世代の人々を誤った道に引きずり込むのを阻止することにある。我々は国家の公式見解の忠実な下僕も、国の金で生活し、はき違えた自由を実践する「奨学生」もつくりだしてはならない。新たな人類の歌を本当の民衆の声で歌う革命家が現れるだろう。これは時間のかかるプロセスだ。

我々の共同体では、社会と若者が大きな役割を担っている。

過去の名残を残さない新しい人類をつくる柔軟な土壌として、社会は重要となる。若者は我々の期待を一身に集める存在だ。彼らの教育は一日ごとに複雑さを増し、初めから労働との統合も視野に入れられている。奨学生たちは休暇中に、あるいは勉学と並行して肉体労働に従事する。労働は報酬であることもあれば、教育の手段であることもある。しかし、決して罰ではない。新たな世代が生まれつつある。

党は前衛組織だ。労働者たちから推薦された最高の労働者で構成されている。数としては少なくても、カードルの高い能力のおかげで絶大な権威を有している。我々は党が大衆政党になることを望んでいるが、そのためには大衆が共産主義の教育を受け、共産主義者として前衛メンバーと同じレベルに成長しなければならない。

それが我々の教育が目指すところだ。党がそのよき手本となる。党のカードルは重労働と犠牲とは何たるかを教えなければならない。その際、革命作業の完遂に大衆を導くことになるが、これには建設の難関、敵対階級、過去の弊害、帝国主義などの障害に対する激しい闘争の年月が欠かせない。

ここで、歴史をつくる大衆を構成する一人の人間、つまり個人の担う役割について説明したい。ただし、これはあくまで我々の経験であり、提言ではない。

初めの数年間、フィデルが革命を引っぱり、指揮を執り、方向を決定した。しかし、その途上で有能な革命家が育ち、彼らがリーダーとして中心的な役割を担うようになった。リーダーを信頼して追従する人々が大衆を構成する。リーダーたちが大衆の願望を理解できたからこそ、大衆はリーダーたちを信頼するようになったのだ。

大切なのは、何キロの肉が食卓にのぼるか、年に何回ビーチに行けるか、今の給料で外国産のきれいな商品がいくつ買えるか、といった問題ではない。内面の豊かさや責任感が増し、各自が自分自身をより完全だと感じられるようにすることだ。

我が国の個人は、偶然にも彼らが生きることになった栄光の時代は犠牲の時代でもあることを理解している。彼らは犠牲という考え方に慣れている。それを最初に理解したのはシエラ・マエストラ山中やほかの場所で闘いに参加した者だったが、のちにキューバの全国民が知るようになった。キューバはラテンアメリカの前衛として犠牲を払う必要があった。前衛部隊としての働きを担い、ラテンアメリカのすべての大衆に完全な自由につながる道を示すためだ。

そして国内では指導部が前衛になる必要があった。真の革命においては、人間はすべてを捧げながらも何一つ見返りを望まない。そのような革命における前衛の役割は崇高であると同時に苦痛にも満ちている。

ばかばかしいと思われるかもしれないがあえ

て言うと、真の革命家は偉大なる愛によって導かれる。愛のない革命家は本物ではない。熱い情熱を冷たい知性と組み合わせて、ひるむことなく痛みの伴う決断をする。これが指導者に求められる重要な役割の一つだろう。我々の前衛的革命家たちは、人民の愛という最も神聖な大義の理想形をつくりあげ、それを一つの不可分なものにまとめなければならない。彼らは、一般の人々が日常的に示すような少量の愛情にまで自分のレベルを引き下げてはならない。

革命の指導者は、たとえ言葉を覚えはじめたばかりの子どもがいても、その子に「パパ」という言葉を教えることはない。革命をその運命に導くためには、妻も犠牲にしなければならない。友人の輪は革命仲間に限られる。革命の外の人生は存在しないのだ。

このような状況で極端なドグマや冷徹なスコラ哲学、あるいは大衆からの孤立に陥らないために、人は何が正義で何が真実かを見極める感覚を、つまり高い人間性を養っていなければならない。我々は、この人間性の愛を実際の行為に、手本あるいは駆動力となる活動に転換する努力を毎日怠ってはならない。

党内における革命思想の駆動力である革命家は、社会主義の建設が完全に達成されないかぎり、絶え間ない活動により消費され死にいたる。最も緊急な課題が地方レベルで達成されたために革命熱が冷め、革命家がプロレタリア国際主義の考えを忘れてしまったとき、彼が率いる革命は前進をやめ、安眠状態に陥り、相いれない敵である帝国主義の拡大を許してしまうだろう。プロレタリア国際主義は義務であると同時に、革命にとって不可欠な要素だ。これが、我々が人々を教育する方針だ。

もちろん、現在の状況にも危機は潜んでいる。教条主義の危機や、偉業の途中で大衆との関係が冷え切る危機だけではない。我々が弱さに陥ってしまう危機もある。もし誰かが、革命に人生のすべてを捧げるのだからその見返りとして自分の子に不足しているものがある、子どもの靴がすり減っている、家族に必需品が不足しているなどといった心配事から自分は解放されるべきだと考えるなら、それは彼の精神が未来の腐敗の病原菌に感染していることを意味している。

我々は、自分の子が一般の人々の子がもつものしかもたず、一般の子がもたないものはもたないように心がけてきた。我々の家族もこのことを理解し、そのために闘ってきた。革命は人によって成し遂げられる。そのためには毎日欠かさず革命精神を奮い立たせなければならない。

我々は行進を続ける。巨大な隊列の先頭に立つのがフィデルだ――この事実を口にすることを我々は恥じても恐れてもいない。彼に続くのが党のカードル、そしてその背後に一団をなした民衆が続く。彼らの巨大な力を我々は背中に感じるほどだ。共通のゴールを目指す個人がつくる強固な組織、何をなすべきか意識した個人の集まり、必要の領域を逃れ、自由の領域に入るために闘っている人々だ。

この偉大な群集は自らを組織化する。組織化が必要だと自ら意識した結果としての組織化だ。彼らはもはや空中に広がる手榴弾の破片のように小さく分断された力ではなく、身のまわりの者と必死に闘いながらあらゆる手段を使って不確定な未来から身を守ろうとしている存在でもない。

我々は犠牲が待ち受けていることを知っているし、我々が国家として、前衛として、英雄的な役割を担うことに対する代償を払わなければならないこともわかっている。指導者として我々は、我々こそがラテンアメリカの先頭に立つ国民を率いていると主張する権利をもつには、それなりの犠牲が必要となることもわかっている。我々の一人ひとりが、それぞれの犠牲を期日どおりに払い、義務を全うしたという満足が報酬であることを、地平線に見える新しい人類に向かって全員で前進することを意識している。

つまりはこう結論づけることができる。


我々社会主義者は、より完全であるがためにより自由であり、より自由であるがためにより完全だ。

我らの完全な自由の骨格はすでにできあがっている。その肉と衣服はまだできていないが、これからつくるところだ。

我らの自由とその維持の費用は血と犠牲のかたちで支払われる。

我らの犠牲は意図されたもの、我々がつくる自由に対する分割払いだ。

その道は長く、不透明な部分もある。我々には限界があることもわかっている。我々は二一世紀の人類をつくる――我々は我々をつくる。

毎日の活動を通じて我々は自分自身を鍛え上げ、新たな技術を用いて新たな人間を創造する。

個人は最も高い徳と人々の願望を体現し、道を踏み外さないかぎりは、大衆の動員と指揮の役割を担う。

その道を切り開くのは、優れた者のなかから最も優れた者だけを集めた前衛のグループである党だ。

若者たちが我々の労働の基本的な土壌をなす。我々は彼らに希望を託し、いつか彼らに主導権を譲り渡す日のために準備を進める。

もしこの稚拙な文章がすべてを明らかにしたのなら、この手紙はその目的を果たしたことになる。握手や「聖母アヴェ・マリア」と同じような決まり文句でこの手紙を終えさせていただきたい。

祖国を、さもなくば死を！

FAREWELL LETTER TO

CHE GUEVARA 18 SPEAKS

カストロへの別れの手紙

ゲバラは一九六五年三月一四日にキューバに戻ったものの、公の場に姿を見せなかったことが話題となり、数カ月後には国際的な謎とみなされるようになっていた。一〇月三日、ゲバラの妻と子も出席し、テレビ中継もされていたキューバ共産党中央委員会の新設発表式典の席上、カストロが次の手紙を読み上げる。カストロの説明によれば、その手紙は四月に手渡されたもので、その公表時期はゲバラによりカストロに委任されていた。ゲバラの安全を案じたカストロが、手紙の公表をその日まで延ばし、また同じ理由で彼の所在も明らかにしなかったのだった。

ハバナ

農業の年

フィデルへ

今、僕はたくさんのことを思い出している——マリア・アントニアの家で君に初めて会った日のことを、君が僕にいっしょに来るように誘ったときのことを、準備を進めるなかで感じたさまざまな緊張のことを。ある日、僕らは尋ねられたことがある。僕らが死んだ場合、誰にその知らせを届けるべきか、と。そうした可能性が本当に存在していると考えて、僕らは打ちのめされた気になったものだ。のちになって僕らにも、**革命には（それが真の革命なら）勝利か死の二つの可能性しか存在しないというのは本当だというのがわかった。**たくさんの同志が勝利への途上で命を落とした。

今日では僕たち自身が成熟したため、あらゆることがあまり劇的に感じられなくなったが、それでも悲劇は繰り返されている。僕はキューバという国の国境内における革命に対する自分の義務は果たしたと感じている。だから君に、同志たちに、君の、そして今では僕のものにもなったキューバの人民に別れを告げようと思う。

党指導部における地位を、大臣としての役職を、大佐としての階級を僕は公式に辞任し、キューバ人としての市民権を放棄する。法的に僕をキューバに結びつけるものは何もない。唯一、僕たちを結びつけているのは別の性質の絆だ——役職のように断ち切れるものではない。

過去を振り返ってみると、革命の勝利を確かなものにするために僕は誠実に、献身的に働いてきたと思う。僕が犯した深刻な過ちは、シエラ・マエストラ山中で初めて会ったときに君をより強く信頼しなかったことと、リーダーとしてのそして革命家としての君の資質をすぐに見抜けなかったことぐらいだ。

僕はこの上なく素晴らしい日々を生きた。カリブを襲った危機の輝かしくも悲しい日々に君の横にいることで、キューバ人民の一人であることに誇りを感じたものだ。あのころの君ほど素晴らしい政治家など皆無に等しいだろう。また、何のためらいもなく君についてきたこと、危機や原則について君と同じ考え、見方、評価をもてたことにも誇りを感じている。

世界のほかの国々が僕のささやかな助力を必要としている。キューバの元首としての責任を担う君とは違って、僕には彼らを助けることができる。つまり、別れの時が来たのだ。

喜びと悲しみの入り交じった気持ちで僕がそうすることを、君には理解してほしい。僕はこの国に、建設者としての最も純粋な希望と最愛の者たちを残していく。そして、僕を息子として迎え入れてくれた国民をあとにする。心の一部に傷を負いながら。君が教えてくれた信念を、我が人民の革命精神を、それがどこであろうとも帝国主義に立ち向かうという最も神聖な義務を果たす達成感を、僕は新たな戦場にもたらすつもりだ。これこそが強さの源であり、どんな深い傷も癒やしてくれる。

もう一度はっきりとさせておくが、手本であるということから生じる例外をのぞいて、キューバは今後僕に対し一切の責任を負う必要はない。もし、僕が異国の空の下で最後の時を迎えることになったとしても、その瞬間、僕の頭はこの国の人民、そして特に君のことを思い出しているだろう。君がくれた教えや手本に感謝している。あらゆる行動において、それに忠実であるように僕は努めるだろう。

僕はこれまで、我らの革命の対外政策を担う人物だと見なされてきたし、これからも見なされ続けるだろう。**どこにいようと、僕はキューバの革命家としての責任を感じるだろうし、これからもキューバの革命家として行動するだろう。**僕は妻と子どもたちに具体的なものは何も残してやれない。しかしそのことを悔やんではいない。それでよかったと思っている。生きるのに最低限必要なものと教育さえ国家が彼らに与えてくれるかぎり、僕は何も望まない。

君と人民に言いたいことはたくさんあるが、そうする必要はないだろう。言いたいことを言葉では表現できないし、これ以上書き続ける理由もない。
永遠の勝利まで
祖国を、さもなくば死を！
あらんかぎりの革命的情熱で君を抱きしめる。

チェ

CHE GUEVARA SPEAKS 19

FAREWELL LETTER TO PARENTS

両親への別れの手紙

ゲバラの別れの手紙を公表したとき、カストロはゲバラが同じ時期に両親や大勢の同志たちにも別れの手紙をしたためたことを明かし、彼らに「革命のためにその歴史的に貴重な資料を寄付してくれ」と申し出た。そのうちの一つ、両親に宛てた手紙が一九六七年にキューバで公表された。

両親へ、

再び私はかかとにロシナンテ「ドン・キホーテの愛馬」のあばら骨が触れるのを感じています。再び私は手に盾をもって道を進んでいます。およそ一〇年前、私はあなたがたに一通の別れの手紙を書きました。私はよき兵士にも、よき医者にもなれないと嘆いたのを覚えています。今となっては、その手紙に書いたことはどうでもいいことです。というのも、私はそれほどひどい兵士ではないようですから。

基本的には何も変わっていないのですが、ただ一つ、私は以前より高い意識をもつようになりました。私のマルクス主義は根を張り、純粋になりました。自分自身を解放するために闘う人々にとって唯一の解決策は武装闘争である、私はそう信じていますし、その信念にしたがって行動しています。人々の多くは私を冒険家と呼ぶでしょう。実際、私は冒険家です。ただし、普通の意味ではなく、信念の正しさを証明するために自分の身を危険にさらす者、という意味においてですが。

これが最後になるかもしれません。そうなることを望んでいるのではありませんが、論理的な可能性として考えられます。そうなったときのことを考えて、**今ここで最後の抱擁を贈ります。私はあなたたちを心から愛していました。**

ただ、愛情をどう表現すればいいのか、知らなかったのです。私は自分の行動において妥協を一切許しませんでした。だからあなたたちには私のことが理解できないこともあったかもしれません。私を理解するのは容易ではなかったでしょう。それでも、今は私を信じてください。

私が芸術家の喜びをもって磨いてきた意思の力が、いくばくか震える両脚と、どことなく弱まった肺を支えてくれることでしょう。私はそうすることに決めました。

ときどき、二〇世紀に生きたこの小さな冒険家のことを思い出してください。
セリアに、ロベルトに、ファン＝マルティンとポトティンに、ベアトリスに、そしてみんなに

口づけを。そしてあなたたちには、

意地っ張りの放蕩息子からの

力強い抱擁を。

エルネスト

自由のための
ヴェトナムと世界の闘争

一九六五年の春にキューバを去ってから一九六七年の秋にボリビアで死去するまでのあいだに、ゲバラは一度だけ声明を出している。それは「世界のどこか」からアジア・アフリカ・ラテンアメリカ人民連帯機構に届けられたメッセージだった。このメッセージは一九六七年四月一六日に通信社プレンサ・ラティーナによってハバナで公表された。全文を掲載する。

「今は厳しい試練の時、見えるのは光だけだ」

ホセ・マルティ

日本の敗北に象徴される最後の世界大戦が終結してから二一年が過ぎ、この出来事についてあらゆる言語でさまざまな報道がなされてきた。世界は複数の陣営に分かれ、そのうちの多くでは楽観的な空気が支配している。

これまで数多くの紛争、武力衝突、急激な方向転換があったにもかかわらず、二一年ものあいだ世界的な戦争が起こらなかったのは驚きに値する。我々の誰もが、この平和のために闘う準備ができている。しかし、この期間が実質的にもたらしたもの（貧困、退廃、人類の大部分における搾取環境の悪化）を分析することはしないとしても、**この平和が本物かどうか疑問を投げかけるのは当然のことだろう。**

ここで日本の降伏以降に世界の各地で起こったさまざまな紛争の歴史を書くつもりはない。また、平和とされる近年になって増加しつつある内乱の数々を振り返るつもりもない。際限のない楽観論に対する反例としては朝鮮とヴェトナムの戦争を指摘するだけで十分だろう。

数年間に及ぶ激しい戦争を経験した朝鮮では、国土の北半分が近代戦争の歴史において最も悲惨な廃墟と化してしまった。いたるところが爆撃され、工場も、学校も、病院も失われ、一〇〇〇万人もの住民が住む場所をなくした。

国連の偽りの旗印の下、この戦争には多くの国家が介入したが、その際、大量の兵士を投入し軍事的な指揮を執ったのはアメリカ合衆国だった。加えて、徴用された南朝鮮の人民が砲弾の餌食として使い捨てられた。その一方で、朝鮮の軍と人民、そして中華人民共和国からの志願兵たちはソ連軍から武器の供給を受け、助言を得ていた。アメリカは核兵器を除くあらゆる破壊兵器の実験を行なった。そこには一定規模までの生物兵器や化学兵器も含まれていた。

ヴェトナムでは、愛国勢力と三つの帝国主義勢力との戦争がほぼ中断することなく続いている。その三つの最初が日本である。日本は広島と長崎への原爆を機に撤退した。次はフランスだ。フランスは強制された約束を破り、敗戦した日本からインドシナ植民地を取り返した。そして最近になってやってきたのがアメリカだ。

規模の小さなものも含めれば、すべての大陸において紛争が確認されてきた。南アメリカ大陸でさえ、キューバ革命が起きるまで数々の解放闘争や軍事クーデターが発生していたし、キューバ革命がこの地域の重要性を示したことで帝国主義の怒りを買ったキューバは最初プラヤ・ヒロン（ピッグス湾）で、次に一〇月危機において海岸の防衛を強いられることにもなった。一〇月危機の際、もしアメリカとソ連がキューバを賭けて衝突していたら、未曾有の戦争に発展していたかもしれない。

しかし現在のところ、主な紛争はインドシナ半島とその周辺諸国に集中している。ラオスとヴェトナムを揺るがしていたのは内戦であったが、アメリカ帝国主義が全力で介入してきたために火の粉が広がり、地域全体が火薬庫になってしまった。なかでも最も激しい闘いが繰り広げられているのがヴェトナムだ。ここではヴェトナム戦争の歴史を振り返るのではなく、いくつかの重要な出来事を指摘するにとどめる。

ディエンビエンフーにおける［フランス軍の］大敗後の一九五四年にジュネーヴ協定が調印され、ヴェトナムは二つの地域に分割された。その際、どのようなかたちで再統一し、誰が国を治めるのかを決める選挙を一八カ月後に行なうことが取り決められた。アメリカはこれに署名せず、フランスの息のかかったバオ・ダイ皇帝をアメリカにとって都合のいいほかの者で置き換えることを画策しはじめる。その人物がゴ・ディン・ジエムだ。彼が迎えた最期が――帝国主義に絞り尽くされたレモンのように――どれほど悲しいものであったか、誰もが知っているだろう。

協定が結ばれてからの数カ月間、ヴェトナム軍には楽観論が広がっていた。彼らは国土南部に築いた反フランス軍事拠点を解体し、協定の合意事項が実施されるのを待っていた。しかし、アメリカがその気にならないかぎりは、たとえどんな汚い手を使おうとも選挙は行なわれないだろうと、まもなく愛国者たちが気づきはじめる。

再び南部地方で衝突が始まり、その激しさは増していった。米国軍の侵略兵の数は増え続け、今では五〇万に近づいている。一方、傀儡軍の数は減り、それどころか戦闘の意志すら失われてしまった。

アメリカがヴェトナム民主共和国［北ヴェトナム］に爆撃作戦を開始してからすでに二年がたつ。南部の人々の闘争心をくじき、強者の立場から話し合いを強制しようとする試みだ。初めのうち、爆撃は北からのものとされる挑発に対する報復という建前で散発的であった。しかしその激しさも頻度も増し、最後には米空軍による連日の猛攻撃に発展した。その目的は北ヴェトナムの文明を根絶やしにすることだ。紛争が悲しいかたちでエスカレートした一例だろう。

ヴェトナムの対空火器が勇敢に防衛して一七〇〇を超える戦闘機を撃墜し、社会主義陣営から兵器の提供があったにもかかわらず、ヤンキーどもは軍事目的の大部分を達成した。

悲しいかな、現実問題として、主権を奪われた世界の国すべての希望を代表する国家ヴェトナムは孤立してしまった。この国の民は——南ではほぼ無防備に、北ではわずかな防衛措置をたよりに——アメリカの技術による攻撃に耐えなければならない。しかも、孤独に。

世界の進歩陣営がヴェトナムの人々に団結を示すのには、**ローマの競技場で平民が剣闘士を応援するのに似た苦々しい皮肉さが漂っている。**犠牲者に成功を祈るだけでは不十分だ。我々は彼らと運命をともにしなければならない。彼らとともに、死か勝利かの道を進まなければならない。

ヴェトナムの孤独を思うとき、我々は人類の歴

史が示す非論理性にさいなまれる。この侵略行為においてアメリカ帝国主義は有罪だ。その罪は大きく、全世界に広がっている。諸君、我々の誰もがそのことを知っているのだ！　しかし、決定的な機会があったにもかかわらず、ヴェトナムを神聖な社会主義領土の一部にすることをためらった者にも罪はある――たとえ、それがアメリカ帝国主義に決断を迫り、世界戦争が起こるリスクが生じていたとしても、だ。また、社会主義陣営のなかで最も力のある二カ国の代表たちがしばらく前に始めた侮辱合戦やだまし合いをやめようとしなかったことも同様に有罪だ。

ここで誠実に問うべきは次の疑問だ。不仲な二大国のあいだで危険なバランスを保ちながら、ヴェトナムは孤立を続けるべきか、否か？

彼らの偉大さを見よ！　なんと禁欲的で勇敢な人々なのだ！　彼らの闘いから、世界は何を学べるのだろう。

合衆国の人民から要求されている改革のいくつかを――爆発力と頻度を増しつつある階級の矛盾を解消するために――実行するつもりがジョンソン大統領に本当にあるのか、その結果を知るのはまだまだ先になるだろう。ただし、『偉大な社会』というもったいぶったタイトルで発表された政策はヴェトナムで水の泡になってしまったことは確かだ。帝国主義の大国は発展の遅れた貧困国により負わされた傷が出血しているのを感じている。彼らの素晴らしい経済は戦争によりゆがんでしまった。殺戮は最も単純な独占ビジネスではなくなった。

わずかばかりの防衛兵器を除けば、ヴェトナムの優秀な兵士たちに残されているのは祖国と社会への愛とあらゆる苦難を乗り越える勇気だけだ。それなのに、帝国主義はヴェトナムで泥沼にはまっている。出口はどこにもないようだ。帝国主義は自らが陥った危険な状況から、威厳を損なわずに脱出する方法を死にものぐるいで探している。北の主張する『4項目』と南の『5項目』のあいだに板挟みになっているが、その結果、紛争はより決定的な局面を迎えている。

平和――世界的な戦争が起こっていないというだけの理由で平和と呼ばれるこの不安定な時代は、またもアメリカの無責任で容認しがたい行動により破壊されようとしている。

我々搾取される側の人間はどのような役割を果たせばいいのだろうか？

三つの大陸の諸民族は、ヴェトナムから何かを学ぼうとしている。帝国主義が人類に対し戦争という脅しを用いるのなら、それに対する正しい反応は戦争を恐れないことだ。対立のどの時点においても決して攻撃を弱めない――これが人民の基本戦術でなければならない。

では、我々のみじめな平和がまだ破られていない場所に住む人々は何をすべきなのだろうか？

どんな犠牲を払ってでも、自分たちを解放することだ。

世界は非常に複雑だ。由緒あるヨーロッパの国々のなかにも解放からまだ遠く離れた国がある。資本主義の矛盾のすべてを経験するほど発展しているのに、帝国主義への道にさらに従う、あるいは新たに飛び乗ることができないほど弱体化している。これらの国では、今後数年で矛盾が火種に成長するだろう。しかし、彼らの問題は、そしてもちろん解決方法も、我々経済的に遅れている従属国の民族が直面するものとは大きく異なっている。

帝国主義による搾取の大部分は三つの大陸に広がっている——南アメリカ、アジア、そしてアフリカだ。それぞれの国にそれぞれの特徴があるように、どの大陸にも大陸全体としての特徴がある。

ラテンアメリカは多かれ少なかれ均質な全体を構成し、ほぼその全土において米国の独占資本が支配的な地位を占めている。傀儡政府——よく言えば、ひ弱で臆病な政府——はアメリカのご主人様の命令に逆らうことができない。実質的にアメリカが政治と経済の支配を達成してしまっている。アメリカにとって前進の余地はほとんど残されていない。状況が変われば、優位性を手放すしかないだろう。アメリカの政策は征服状態を維持することを目的としている。現在のところ、そのための策は暴力によってあらゆる解放闘争を抑圧することにある。「我々はもう一つのキューバを認めない」というスローガンの裏に隠して、卑怯な侵略という可能性を彼らは行使するドミニカ共和国への攻撃や、その前にあったパナマでの大虐殺が警告しているように、米軍はラテンアメリカの既成秩序に自らの利益を脅かすような変化が生じた場合、それがどこであろうと介入する意志がある。この政策に疑いの目が向けられることはまずない。評判は地に落ちたとはいえ、米州機構は便利な仮面だ。国連の無能さについては、笑えばいいのだろうか、泣けばいいのだろうか。ラテンアメリカのすべての国の軍隊が、自国の人民を叩きつぶす準備ができている。実際、つくられたのは犯罪と裏切りの国際組織だ。

一方では、土着のブルジョワ階級が抵抗する力を失い——かつてそのような力があったかどうかは別として——車掌が乗る車両のようにただ帝国主義に引っぱられている。社会主義革命も革命ごっこも含め、ほかの選択肢は残されていない。

アジアはそれとは異なる特徴をもった大陸だ。一連の欧州宗主国に抵抗する解放闘争の末、アジア諸国は多かれ少なかれ革新的な政府を樹立することができたが、のちに国家の解放という基本目標において進歩したのはそれらの一部だけで、ほかの政府は帝国主義に賛同する立場に後退してしまった。

経済の観点から見た場合、アメリカがアジアで失うものは少なく、得るものは多い。変化はアメリカにとって好ましく作用する。時には自らの力で、時には日本を利用して、ほかの新植民地主義諸国を追い払い、新たな経済活動圏を生みだそうとしている。

しかし、インドシナ半島には全土に共通する特殊な政治条件が存在し、これがアジアにとって主要な特徴となり、アメリカ帝国主義の世界的軍事戦略において重要な役割を果たしている。そこでアメリカは、少なくとも韓国、日本、台湾、南ヴェトナム、タイを利用して中国を封鎖しようとしている。

一見したところ、ヴェトナム以外の部分は安定しているように見えるが、この二重構造――重要な戦略的関心に基づく中華人民共和国の軍事封鎖と、まだ支配するにはいたっていないアジア巨大市場に進出するという米国資本の野望――がアジアを世界で最も危険な火薬庫の一つにしてしまっている。

同じ大陸に属する中東地域は、アジアとは異なった矛盾を抱え、今にも沸騰しそうな状態になっている。この地方の革新的な国々と、帝国主義の支援を受けるイスラエルのあいだの冷戦が今後どう発展するか予想するのは不可能だ。ここもまた噴火寸前の火山に等しい。

アフリカはまだ新植民地主義の侵入をほとんど許していないように思われる。変化が生じ、新植民地主義国は彼らが有していた特権をある程度は放棄した。しかし、このまま手をこまねいては、何らの衝突もなしに植民地主義が新植民地主義に移行し、最終的にはほかの大陸と同様の経済支配が広がるだろう。

アメリカはアフリカに植民地をもっていないが、かつて同盟国の私有地だった場所を手に入れようと奮闘している。アメリカ帝国主義が長期戦略的にアフリカを資源庫と見なしているのは間違いない。現在、アメリカは南アフリカ連邦にしか取り立てて言うほどの投資をしていないが、これからコンゴやナイジェリア、あるいはほかの国々に手を広げ、ほかの帝国主義国家との（これまでは平和な性質だったが）暴力的な覇権争いを繰り広げようとしている。また、自国の独占資本にとって巨大な利益があると予想できる場所や豊富な天然資源が存在する地域には、それが世界のどこであろうとも介入する権利があるとアメリカは主張し、この権利だけは手放そうとしない。このような背景にあって、短期的にあるいは中期的に民族の解放の可能性を考えるのは正当なことだろう。

アフリカ情勢を分析すると、ギニア、モザンビーク、アンゴラといったポルトガルの植民地において繰り広げられる闘争が目につく。ギニアでの闘争は部分的に成功し、ほかの二国ではそれぞれ異なる程度の成功が確認できる。また我々は、コンゴにおけるルムンバの後継者たちとチョンベの共犯者たちの争いがいまだに続いていることも知っている。今のところ、自らの利益のために国土の大部分を制圧した後者に軍配が上がりそうな様子だが、戦争の危機もまだ去っていない。

ローデシア〔現ジンバブエ〕は違う問題を抱えている。イギリス帝国主義はあらゆる手段を用いて白人で構成される少数派に権力を譲り渡した。イギリスの立場から見た場合、それによる対立は一切生じていない。この西洋の強国はいつものように狡猾に――偽善とも呼ばれる平易な言葉で――イアン・スミス政権の政策に対し不満を表明している。この陰険な態度をイギリス連邦に属するいくつかの国が支持しているが、ブラックアフリカ諸国の大半は批判している。そこにはイギリス帝国主義に経済的に飼いならされた下僕国家も含まれる。

もし黒人愛国者が望みどおりに武装すれば、もしその動きが近隣諸国による援助を受ければ、ローデシアの状況は大変危険なものになるだろう。現在、これらの問題は国連や英連邦、あるいはアフリカ統一機構といった無害な組織に知れ渡りつつあるところだ。

それでもやはり、アフリカの政治的および社会的発展が大陸の革命につながるとは思えない。ポルトガルに対する解放闘争は勝利に終わるに違いないが、しかしポルトガルは帝国主義の国ではない。もちろん我々はポルトガルの植民地三国の解放と革命のために闘うのをやめるつもりはないが、革命にとって重要なのは帝国主義そのものを追い詰めることにある。

南アフリカやローデシアの黒人民族が真の革命闘争を始めたとき、言い換えると、**各国**

の貧しい大衆がまともな生活を送る権利を手に入れるために少数独裁者グループに抵抗を始めたとき、アフリカの新しい時代が始まる。

これまでにも兵営内クーデターと呼べる一連の政変は起こっていた。将校のグループやリーダーが、階級的関心や、あるいは黒幕として彼らを支配する権力者の利害に奉仕しなくなったという理由で、ほかの将校グループなどによって地位を追われることだ。しかし、民衆蜂起はまだ発生していない。コンゴではルムンバの影響によりかすかな民衆蜂起の動きがあるが、それもこの数カ月のあいだに力を失いつつある。

すでに見たように、アジアは一触即発の状況にある。ヴェトナムとラオスではすでに闘争が始まっているが、摩擦が生じているのはそこだけではない。アメリカは今にもカンボジアに直接攻撃を仕掛けようとしている。加えてタイもマレーシアも、そしてもちろんインドネシアも、保守派が政権を奪取して共産党を消滅させたにもかかわらず、まだ予断を許さない状況だ。もちろん、中東地域もそうだ。

ラテンアメリカでは、グアテマラ、コロンビア、ベネズエラ、ボリビアで武装闘争が繰り広げられ、ブラジルでも最初の動乱が始まっている。ほかにも抵抗勢力が生まれては消滅している。この大陸に存在するほぼすべての国は、社会主義政権を樹立する以外の勝利はありえないほど成熟している。

この大陸では、ブラジルを除き実質的に一つの言語しか使われていない。ブラジル人ともスペイン語を使えば意思疎通をはかれる。どの国の階級構造も似通っているし、彼らはほかの大陸に比べ格段に高い「国際アメリカ人」タイプのアイデンティティーをもっている。言語、習慣、宗教、共通の宗主国、これらが彼らを結びつける。搾取する側とされる側にもたらされる効果という意味で、我らのアメリカ大陸の多くの国では搾取の程度とかたちは似ている。そして、反乱が加速度的に熟成されている。

この反乱はどうすれば実を結ぶのだろうか？　実を結ぶ反乱とは、どういったものだろうか？これまでずっと、似た特徴をもつ複数のものとして見なされてきたラテンアメリカ内の闘争は、やがて大陸的な規模を獲得するだろう。自らの解放を目指す人類が繰り広げる偉大な闘いの多くが、この大陸で行なわれることになる。

大陸規模の闘争という枠組みから見た場合、現在積極的に行なわれている闘争はただの部分エピソードに過ぎない。しかし、そこにも殉教者はいる。彼らはアメリカ諸国の歴史において、闘いの最終局面で人類の完全な自由のために犠牲にならざるをえなかった者として名を残すだろう。

グアテマラ、コロンビア、ベネズエラ、そしてペルーの革命運動で中心的な役割を果たしたトゥルシオス・リマ司令、カミロ・トレス司祭、ファブリシオ・オヘーダ司令、ロバトンおよびルイス・デ・ラ・プエンテ・ウセダ両司令などだ。

しかし、民衆が積極的に動き出したことによって、新しいリーダーも生まれている――セザール・モンテスとヨン・ソーサがグアテマラで、ファビオ・バスケスとマルランダはコロンビアで旗を揚げたし、ベネズエラではダグラス・ブラボが国の西側で、アメリコ・マルティンはエル・バチリエールでそれぞれの前線を指揮している。

ボリビアではすでに始まったように、新たな戦争がこれらの国やほかのラテンアメリカ諸国で勃発するだろう。それらは現代の革命家という危険な役割を担う人々の栄枯盛衰を繰り返しながら、拡大を続けるに違いない。多くは自らの失敗の犠牲になり命を落とし、ほかの者はこれから起こる困難な戦闘で倒れるだろう。その一方で、革命闘争の熱から新たな戦士が、新たな指導者が生まれる。

人民は戦争が必要とする戦士とリーダーをつくりだし、ヤンキーは鎮圧部隊の人員を増やすだろう。現在では、武装闘争が行なわれているどの国にもアドバイザーが存在している。ペルー軍はヤンキーどものアドバイスとトレーニングを受け、革命運動家に対する攻撃に成功したようだ。だが、中枢人物たちが政治と軍事の能力を十分にもつ者に指揮されるなら、ゲリラは実質的に無敵となり、ヤンキーもさらなる増援をせざるをえなくなるだろう。気づいている者こそ少ないが、ペルーでは新たな人物たちが執念深くゲリラ戦を再編成している。

小さな武装集団を少しずつ鎮圧するには十分だった時代遅れの武器が近代兵器に、そしてアドバイザーグループが米軍戦闘部隊に変わりつつある。そのうち、ゲリラの攻撃により崩壊しつつある傀儡政府と政府軍の安定を守るために、彼らはより大きな数の正規軍を送り込む必要を認めるだろう。

これはヴェトナムがたどってきた道だ。人民が進むべき道であり、ラテンアメリカが通るべき道でもある。違いは、ヤンキー帝国主義の活動をより困難にするために、自分たちの目的を達成するために、ラテンアメリカの武装集団は協調委員会のようなものを組織することができるという点だ。

ラテンアメリカは解放を目指す近年の政治闘争では忘れられた大陸だった。キューバ革命という前衛の声を通じてようやく三大陸で存在を示しはじめたところだ。これからラテンアメリカはより重要な課題を担うことになる。世界に二つめのあるいは三つめのヴェトナムをつくる、いや、二つめの〝そして〟三つめのヴェトナムをつくることだ。

帝国主義は世界体系であり、資本主義の最終形態であること、そして世界的な対決によって打倒されなければならないことを、我々は忘れてはならない。闘争の戦略目的は帝国主義の破壊でなければならない。

搾取され、発展の遅れている世界に生きる我々は、帝国主義を支える基盤——資本と資源と安い労働力（労働者と技術者の両方）が奪われる抑圧された国々、新資本（支配の道具）、兵器その他あらゆる商品が輸出され、結果国民がそれらに完全に依存するようになっている国々——をなくすことに貢献する義務がある。この戦略目的の基本は人民の本当の解放、そのほとんどは武装闘争の結果としての解放だ。この解放は、ラテンアメリカではほぼ間違いなく社会主義革命につながるだろう。

帝国主義の破壊を目指すなら、そのリーダーを見極める必要がある。リーダーとはもちろん北アメリカ大陸のアメリカ合衆国だ。

我々は総合的な課題を実行する必要がある。その戦術目標は**敵を自らの領域から引っ張り出し、彼らの普段の習慣が通用しない環境で闘いを強いること。**敵を過小評価してはならない。米軍兵は技術力に優れているし、強力な援助を受けている。彼らに足りないものはイデオロギーから来るモチベーションだ。このモチベーションの最も高度なものを彼らの最も嫌うライバル——

ヴェトナム兵士――はもっている。この敵を相手にどれだけの勝利を収められるかは、彼らのモラルをどれだけくじくことができるかにかかっている。それを達成するには、敵を敗北に追いやり、苦しみを繰り返し与え続けなければならない。

しかし、ここまで見てきた勝利への道には多くの犠牲が伴う。今すぐ、今日のこの日から必要とされる犠牲だ。この犠牲は、我々が自分で闘うことを避けて代わりに他人を危険な目にあわせるよりも、自分たちの力で闘った場合のほうが痛みは少ないだろう。

当然のことながら、最後に自身を解放する国では武装闘争は行なわれないだろう。その国の国民は帝国主義戦争というものの残忍さを経験することも、長い戦争に苦しむ必要もない。しかし、対立が世界規模にまで広がってしまえば、闘争やその影響を避けるのは不可能になってしまうし、苦しみはより強く、大きくなってしまうだろう。我々には未来を予言することはできない。しかし国民の主導者である我々は、**自由を叫びながらもそのために必要な闘いを放棄し、勝利の残飯が分け与えられるのをただ待ち続けるという卑怯な誘惑に負けてはならない。**

無用な犠牲を避けるのは正しいことだ。したがって、平和な方法でラテンアメリカを解放する現実的な可能性について考えるのはとても重要だ。しかし、この問いに対する我々の答えは明確だ。今が闘争を始めるに最適な瞬間なのかどうかはわからない、しかし、闘うことなしに自由を勝ち取るなどという幻想を我々は見てはならないし、そのようなことを信じる権利ももっていない。

そして闘いは催涙ガスに投石で立ち向かうようなストリートファイトでも、平和的なゼネストでもない。頭に血が上った人々が寡頭政府を叩きつぶそうとして二、三日騒動を起こすだけでもない。長く残酷な闘いになるだろう。その前線は市中のゲリラの潜伏地、戦闘員の自宅(そこでは彼らの家族が鎮圧の犠牲になるだろう)、虐殺された農民のなか、街のなか、あるいは敵の爆撃により破壊された都市にある。

我々はこの戦闘に突入することを強いられている。そのために備え、実行に移す以外に方法はない。

初めは容易ではないだろう。極めて困難になるに違いない。寡頭政府はあらゆる手段を使って鎮圧に努め、デマを広げ、残虐な行為を繰り広げるだろう。

闘いの初期における我々の使命は生き延びることにある。次に、武装プロパガンダを実行するヴェトナム人ゲリラを永遠の手本として行動する。銃弾のプロパガンダ、勝つか負けるかわからないが敵を相手に遂行されなければならない戦闘のプロパガンダだ。

ゲリラを無敵にする最大の秘訣は搾取された大衆のなかに根を張ることだ。

より困難な課題の準備をするために、熾烈さを増す敵からの弾圧に抵抗するために、国民精神に電気を通す。闘争において憎しみは重要な因子となる。敵に対する不断の憎しみは人を種族の限界を超えた、効率的で、暴力的で、選択的で、冷徹な殺人マシンに変える。我々の兵士はそうならなければならない。憎しみをもたない者は残忍な敵を打ち負かすことができない。

我々は、敵がいるところすべてを戦場に変えなければならない。敵の家、敵が休息する場所、すべてだ。兵営の外だろうが中だろうが、敵に安心する時間を、冷静になる時間を与えてはならない。敵がどこにいようとも攻撃を仕掛ける。それがどこであろうと、そいつを追い詰められた動物のような気持ちにさせるのだ。そうすれば、彼の士気は下がるだろう。そいつは獣のように凶暴になるだろうが、士気低下の兆候は必ず現れる。

国際的なプロレタリア軍を組織して、本物のプロレタリア国際主義をつくろう。我々が闘いで掲げる旗を人類解放の神聖な目印としよう。ヴェトナム、ベネズエラ、グアテマラ、ラオス、ギニア、コロンビア、ボリビア、ブラジル――ここでは現在武装闘争が行なわれている場所を挙げるだけにとどめる――の旗の下で死ぬことは、ラテンアメリカの、アジアの、アフリカの、それどころかヨーロッパの人々にも同様に栄光と希望をもたらす。

自分の生まれた国のものでない旗の下に流した血の一滴一滴が生存者によって経験として集められ、のちに自分の国の解放闘争に生かされる。そして民族の解放に成功するごとに、それは自分の国の国民を解放するステップとなる。

議論を控え、闘いにすべてを捧げる時が来た。

大論争が自由のために闘う世界を揺り動かしている。誰もが知るように、我々はそれを隠すことができない。この論争が対話や和解が不可能ではないにしても、極めて困難だと思えるほどに激化していることも、我々は知っている。相手が避けているかぎり、対話を始めようとするのは無意味なことだ。

しかし、敵はそこにいる。毎日のように攻撃や脅迫を仕掛けてくる。そのたびに我々は今日、明日、あさってと団結を強めていく。この事実を真っ先に理解し、不可欠な団結に着手した者が、人々の感謝を手に入れるだろう。

両当事者が敵意をもって頑固に自分の正当性を主張しているなか、我々もたざる者は、たとえ双方のどちらかの立場に部分的に同意できるとしても、あるいは双方のどちらかの立場そのものにより強く同意できるとしても、その相違が表現される方法に同意することはできない。闘争の時代においては、現在の相違を表現する方法は弱さだ。しかし、そのような状況でも言葉で問題が解決できると考えるのは幻想に過ぎない。歴史はこのような論争を一掃してしまうか、最終判決を申し渡すだろう。

我々が闘う世界では、特定の目的を達成するための戦術や行動方法の論争に関連するあらゆる事象は他者の意見を尊重しながら分析されなければならない。戦略的大目標――闘争を通じた帝国主義の完全破壊――という点で、我々は妥協するわけにはいかない。

我々の勝利に対する野望は次のようにまとめられるだろう。帝国主義を打倒するために、その最も強靱な防波堤を排除する。アメリカ合衆国の帝国主義的支配のことだ。諸国の人民を一つひとつあるいはグループ単位で解放するための戦術として、敵を自らの領土の外での困難な闘いに巻き込む。たとえば彼らの支持基盤、つまり属領を破壊する。

これは、戦争が長引くことを意味している。そしてもう一度繰り返すが、むごたらしい戦争になる。このことを誰もが正しく認識しなければならないし、誰も結果を恐れて躊躇してはならない。戦争だけが勝利への希望なのだ。

今この瞬間を逃してはならない。ヴェトナムが我々に英雄的行為とは何かを教えてくれている。最終的な勝利を手に入れるための闘争と死を繰り返す日々を通じて。

そこでは帝国主義の兵士たちが、アメリカが誇る高い生活水準に慣れた者たちが、敵地で味わう苦悩に遭遇している。自分は敵の領土に足を踏み入れたのだと常に意識しながら活動しなければならないという不安感、要塞の外に出た者の死、国民全体から向けられる敵意などに直面している。これらすべてがアメリカ国内での反発を呼んでいる。その結果、帝国主義のせいで完全に弱まってしまっていた要素が再び姿を現しはじめた。本国内における階級闘争だ。

もし二つめの、三つめの、それ以上のヴェトナムが世界に花を咲かせ、それぞれの死を賭し、巨大な悲劇を経験し、日々勇敢に戦い、帝国主義に打撃を与え続け、世界の民族の憎しみを一身に受けた帝国主義の軍隊を解散に追いやることができれば、未来はどれだけ近く、明るくなることだろう。

そして、もし我々がもっと強くもっと確かな打撃を与えるために団結し、今闘っている人々にあらゆる種類の援助をより効率的に届けることができれば、未来はどれほど素晴らしく、そして近くなることだろう！

もし我々が、世界地図の小さな点の上で自らの義務を果たし、たとえそれがどれだけ小さくとも自らの命を犠牲として闘争のために差し出すのなら、ある日自分のものではない土地で――しかしそれはすでに自分のものとなった土地だ――血を流し、最後の息を引き取ることになるだろう。ここまで我々は我々の活動の範囲を評価し、我々をプロレタリアの大群の一部と見なしてきた。しかし、我々はキューバ革命とその偉大な指導者から、この国が世界に占めるポジションについて大切な教訓を学んだことに誇りを感じている。「人類の運命がかかっているときに、個人と人民の危険と犠牲のあいだにどれだけの違いがあるというのか？」

我々の行動の一つひとつが帝国主義に抵抗する鬨の声であり、人類の最大の敵アメリカ合衆国に対抗して団結するよう人々に訴える声である。

もし我々の鬨の声が誰かの耳に留まったのなら、もしもう一本の手が武器に伸びるのなら、ほかの男たちが機関銃のいななきと新たな鬨の声と勝利への叫びで我々の葬送歌に加わるのなら、それがどこであれ、我々は喜んで死のうではないか。

本書は一九六七年刊行のCHE GUEVARA SPEAKSを底本とし、
スペイン語版の原典および『ゲバラ選集』等を参照して訳出した。

【写真提供】Mary Evans ／ PPS 通信社（表紙および目次）

エルネスト・チェ・ゲバラ (Ernesto "Che" Guevara)
1928 年、アルゼンチン生まれ。47 年にブエノスアイレス大学医学部入学。55 年にフィデル・カストロと出会う。以降カストロとともにバティスタ政権打倒の道を進む。59 年のキューバ革命政権樹立後は国立銀行総裁や工業相など要職を歴任。65 年にキューバを離れ、南米の反帝国主義闘争を支援。67 年 10 月 8 日、ボリビア政府軍との交戦で捕らえられ、翌日に殺害された。

【訳者】
米津篤八（よねづ・とくや）
英語・朝鮮語翻訳家。早稲田大学政治経済学部卒。朝日新聞社勤務を経て、ソウル大学大学院国史学科修了。訳書にチェ・ワンギュ他『朱蒙』、キム・サンホン『チャングム』、リュ・シファ『地球星の旅人』などがある。

長谷川圭（はせがわ・けい）
英語・ドイツ語翻訳家。高知大学人文学部卒。ドイツ・イエナ大学哲学部修士課程修了。訳書にニコラス・カールソン『FAILING FAST　マリッサ・メイヤーとヤフーの闘争』、ジーモン・ウルバン『プランD』などがある。

チェ・ゲバラ名言集《めいげんしゅう》

●

2017年1月27日　第1刷

著者…………エルネスト・チェ・ゲバラ

訳者…………米津篤八《よねづとくや》／長谷川圭《はせがわけい》

翻訳協力…………株式会社リベル

装幀・本文ＡＤ…………mg-okada

発行者…………成瀬雅人

発行所…………株式会社原書房

〒160-0022 東京都新宿区新宿 1-25-13
電話・代表 03(3354)0685
http://www.harashobo.co.jp
振替・00150-6-151594

印刷…………新灯印刷株式会社
製本…………東京美術紙工協業組合

ISBN978-4-562-05370-4, Printed in Japan